Die Frau in der Literatur

Joseph von Eichendorff, Radierung von Eduard Eichen, 1840

Joseph von Eichendorff

Das Marmorbild

Erzählungen und Gedichte

Mit einem Nachwort
von Willi Winkler

Ullstein Taschenbuch

Die Frau in der Literatur
Lektorat: Hanna Siehr

Ullstein Buch Nr. 30183
im Verlag Ullstein GmbH
Frankfurt/M – Berlin

Umschlagentwurf: Hannes Jähn
unter Verwendung des Gemäldes
›Das Menuett‹ (Ausschnitt)
von Tiepolo
Frontispiz mit freundlicher
Genehmigung des Ullstein
Bilderdienstes
Alle Rechte vorbehalten

Printed in Germany 1986
Gesamtherstellung:
Ebner Ulm
ISBN 3 548 30183 5

Juni 1986

CIP-Kurztitelaufnahme der Deutschen Bibliothek

Eichendorff, Joseph von:
Das Marmorbild: Erzählungen und Gedichte / Joseph
von Eichendorff. Mit e. Nachw. von Willi Winkler. –
Frankfurt/M; Berlin: Ullstein, 1986.
(Ullstein-Buch; Nr. 30183:
Die Frau in der Literatur)
ISBN 3-548-30183-5
NE: GT

Inhalt

Das Marmorbild	7
Gedichte	55
Anklänge.	57
Frische Fahrt	61
Das zerbrochene Ringlein.	62
Todeslust.	63
Frisch auf!	64
Ohne Titel	66
Abendlandschaft	67
Der Abend	68
Die Nacht	69
Sehnsucht	70
Der frohe Wandersmann	71
Abschied	72
Der Jäger Abschied	74
Rückkehr.	75
In der Fremde.	76
Der Friedensbote	77
Frühlingsnacht	78
Rückblick	79
Umkehr	80
An meinen Bruder	81
Im Alter	83
Ohne Titel	84
Zwielicht.	85
Mondnacht.	86
Wünschelrute.	87
Eine Meerfahrt	89
Nachwort	157

Das Marmorbild

Es war ein schöner Sommerabend, als Florio, ein junger Edelmann, langsam auf die Tore von Lucca zuritt, sich erfreuend an dem feinen Dufte, der über der wunderschönen Landschaft und den Türmen und Dächern der Stadt vor ihm zitterte, so wie an den bunten Zügen zierlicher Damen und Herren, welche sich zu beiden Seiten der Straße unter den hohen Kastanienalleen fröhlich schwärmend ergingen.

Da gesellte sich, auf zierlichem Zelter desselben Weges ziehend, ein anderer Reiter in bunter Tracht, eine goldene Kette um den Hals und ein samtnes Barett mit Federn über den dunkelbraunen Locken, freundlich grüßend zu ihm. Beide hatten, so nebeneinander in den dunkelnden Abend hineinreitend, gar bald ein Gespräch angeknüpft, und dem jungen Florio dünkte die schlanke Gestalt des Fremden, sein frisches, keckes Wesen, ja selbst seine fröhliche Stim-

9

me so überaus anmutig, daß er gar nicht von demselben wegsehen konnte.

»Welches Geschäft führt Euch nach Lucca?« fragte endlich der Fremde. »Ich habe eigentlich gar keine Geschäfte«, antwortete Florio ein wenig schüchtern. »Gar keine Geschäfte? – Nun, so seid Ihr sicherlich ein Poet!« versetzte jener lustig lachend. »Das wohl eben nicht«, erwiderte Florio und wurde über und über rot. »Ich habe mich wohl zuweilen in der fröhlichen Sangeskunst versucht, aber wenn ich dann wieder die alten großen Meister las, wie da alles wirklich da ist und leibt und lebt, was ich mir manchmal heimlich nur wünschte und ahnete, da komm ich mir vor wie ein schwaches, vom Winde verwehtes Lerchenstimmlein unter dem unermeßlichen Himmelsdom.« – »Jeder lobt Gott auf seine Weise«, sagte der Fremde, »und alle Stimmen zusammen machen den Frühling.« Dabei ruhten seine großen, geistreichen Augen mit sichtbarem Wohlgefallen auf dem schönen Jünglinge, der so unschuldig in die dämmernde Welt vor sich hinaussah.

»Ich habe jetzt«, fuhr dieser nun kühner und vertraulicher fort, »das Reisen erwählt und befinde mich wie aus einem Gefängnis erlöst, alle alten Wünsche und Freuden sind nun auf einmal in Freiheit gesetzt. Auf dem Lande in der Stille aufgewachsen, wie lange habe ich da die fernen blauen Berge sehnsüchtig betrachtet, wenn der Frühling wie ein zauberischer Spielmann durch unsern Garten ging und von der wunderschönen Ferne verlockend sang und von großer, unermeßlicher Lust.« Der Fremde war über die letzten Worte in tiefe Gedanken versunken. »Habt Ihr wohl jemals«, sagte er zerstreut, aber sehr ernsthaft, »von dem wunderbaren Spielmann gehört, der durch seine Töne die Jugend in einen Zauberberg hinein verlockt, aus dem keiner wieder zurückgekehrt ist? Hütet Euch!«

Florio wußte nicht, was er aus diesen Worten des Fremden machen sollte, konnte ihn auch weiter darum nicht befragen; denn sie waren soeben, statt zu dem Tore, unvermerkt dem

Zuge der Spaziergänger folgend, an einen weiten, grünen Platz gekommen, auf dem sich ein fröhlich schallendes Reich von Musik, bunten Zelten, Reitern und Spazierengehenden in den letzten Abendgluten schimmernd hin und her bewegte.

»Hier ist gut wohnen«, sagte der Fremde lustig, sich vom Zelter schwingend, »auf baldiges Wiedersehn!« und hiermit war er schnell in dem Gewühle verschwunden.

Florio stand in freudigem Erstaunen einen Augenblick still vor der unerwarteten Aussicht. Dann folgte auch er dem Beispiele seines Begleiters, übergab das Pferd seinem Diener und mischte sich in den muntern Schwarm.

Versteckte Musikchöre erschallten da von allen Seiten aus den blühenden Gebüschen, unter den hohen Bäumen wandelten sittige Frauen auf und nieder und ließen die schönen Augen musternd ergehen über die glänzende Wiese, lachend und plaudernd und mit den bunten Federn nickend im lauen Abendgolde wie ein Blumenbeet, das sich im Winde wiegt. Weiterhin auf einem heiter grünen Plan vergnügten sich mehrere Mädchen mit Ballspielen. Die buntgefiederten Bälle flatterten wie Schmetterlinge, glänzende Bogen hin und her beschreibend, durch die blaue Luft, während die unten im Grünen auf und nieder schwebenden Mädchenbilder den lieblichsten Anblick gewährten. Besonders zog die eine durch ihre zierliche, fast noch kindliche Gestalt und die Anmut aller ihrer Bewegungen Florios Augen auf sich. Sie hatte einen vollen, bunten Blumenkranz in den Haaren und war recht wie ein fröhliches Bild des Frühlings anzuschauen, wie sie so überaus frisch bald über den Rasen dahinflog, bald sich neigte, bald wieder mit ihren anmutigen Gliedern in die heitere Luft hinauflangte. Durch ein Versehen ihrer Gegnerin nahm ihr Federball eine falsche Richtung und flatterte gerade vor Florio nieder. Er hob ihn auf und überreichte ihn der nacheilenden Bekränzten. Sie stand fast wie erschrocken vor ihm und sah ihn schweigend aus den schönen großen Augen an. Dann verneigte sie sich errötend und eilte schnell wieder zu ihren Gespielinnen zurück.

Der größere, funkelnde Strom von Wagen und Reitern, der sich in der Hauptallee langsam und prächtig fortbewegte, wendete indes auch Florio von jenem reizenden Spiele wieder ab, und er schweifte wohl eine Stunde lang allein zwischen den ewig wechselnden Bildern umher.

»Da ist der Sänger Fortunato!« hörte er da auf einmal mehrere Frauen und Ritter neben sich ausrufen. Er sah sich schnell nach dem Platze um, wohin sie wiesen, und erblickte zu seinem großen Erstaunen den anmutigen Fremden, der ihn vorhin hieher begleitet. Abseits auf der Wiese an einen Baum gelehnt, stand er soeben inmitten eines zierlichen Kranzes von Frauen und Rittern, welche seinem Gesange zuhörten, der zuweilen von einigen Stimmen aus dem Kreise holdselig erwidert wurde. Unter ihnen bemerkte Florio auch die schöne Ballspielerin wieder, die in stiller Freudigkeit mit weiten offenen Augen in die Klänge vor sich hinaussah.

Ordentlich erschrocken gedachte da Florio, wie er vorhin mit dem berühmten Sänger, den er lange dem Rufe nach verehrte, so vertraulich plauderte, und blieb scheu in einiger Entfernung stehen, um den lieblichen Wettstreit mit zu vernehmen. Er hätte gern die ganze Nacht hindurch dort gestanden, so ermutigend flogen diese Töne ihn an, und er ärgerte sich recht, als Fortunato nun so bald endigte und die ganze Gesellschaft sich von dem Rasen erhob.

Da gewahrte der Sänger den Jüngling in der Ferne und kam sogleich auf ihn zu. Freundlich faßte er ihn bei beiden Händen und führte den Blöden, ungeachtet aller Gegenreden, wie einen lieblichen Gefangenen nach dem nah gelegenen offenen Zelte, wo sich die Gesellschaft nun versammelte und ein fröhliches Nachtmahl bereitet hatte. Alle begrüßten ihn wie alte Bekannte, manche schöne Augen ruhten in freudigem Erstaunen auf der jungen, blühenden Gestalt.

Nach mancherlei lustigem Gespräch lagerten sich bald alle um den runden Tisch, der in der Mitte des Zeltes stand. Erquickliche Früchte und Wein in hellgeschliffenen Gläsern funkelten von dem blendend weißen Gedeck, in silbernen

Gefäßen dufteten große Blumensträuße, zwischen denen die hübschen Mädchengesichter anmutig hervorsahen; draußen spielten die letzten Abendlichter golden auf dem Rasen und dem Flusse, der spiegelglatt vor dem Zelte dahinglitt. Florio hatte sich fast unwillkürlich zu der niedlichen Ballspielerin gesellt. Sie erkannte ihn sogleich wieder und saß still und schüchtern da, aber die langen furchtsamen Augenwimpern hüteten nur schlecht die dunkelglühenden Blicke.

Es war ausgemacht worden, daß jeder in der Runde seinem Liebchen mit einem kleinen improvisierten Liedchen zutrinken solle. Der leichte Gesang, der nur gaukelnd wie ein Frühlingswind die Oberfläche des Lebens berührte, ohne es in sich selbst zu versenken, bewegte fröhlich den Kranz heiterer Bilder um die Tafel. Florio war recht innerlichst vergnügt, alle blöde Bangigkeit war von seiner Seele genommen, und er sah fast träumerisch still vor fröhlichen Gedanken zwischen den Lichtern und Blumen in die wunderschöne, langsam in die Abendgluten versinkende Landschaft vor sich hinaus. Und als nun auch an ihn die Reihe kam, seinen Trinkspruch zu sagen, hob er sein Glas in die Höh' und sang:

Jeder nennet froh die Seine,
Ich nur stehe hier alleine,
Denn was früge wohl die Eine,
Wen der Fremdling eben meine?
Und so muß ich, wie im Strome dort die Welle,
Ungehört verrauschen an des Frühlings Schwelle.

Seine schöne Nachbarin sah bei diesen Worten beinah schelmisch an ihm herauf und senkte schnell wieder das Köpfchen, da sie seinem Blicke begegnete. Aber er hatte so herzlich bewegt gesungen und neigte sich nun mit den schönen bittenden Augen so dringend herüber, daß sie es willig geschehen ließ, als er sie schnell auf die roten, heißen Lippen küßte. »Bravo, bravo!« riefen mehrere Herren, ein mutwilliges, aber argloses Lachen erschallte um den Tisch. –

Florio stürzte hastig und verwirrt sein Glas hinunter, die schöne Geküßte schauete hochrot in den Schoß und sah so unter dem vollen Blumenkranze unbeschreiblich reizend aus.

So hatte ein jeder der Glücklichen sein Liebchen in dem Kreise sich heiter erkoren. Nur Fortunato allein gehörte allen oder keiner an und erschien fast einsam in dieser anmutigen Verwirrung. Er war ausgelassen lustig, und mancher hätte ihn wohl übermütig genannt, wie er so wild wechselnd in Witz, Ernst und Scherz sich ganz und gar losließ, hätte er dabei nicht wieder mit so frommklaren Augen beinah wunderbar dreingeschaut. Florio hatte sich fest vorgenommen, ihm über Tische einmal so recht seine Liebe und Ehrfurcht, die er längst für ihn hegte, zu sagen. Aber es wollte heute nicht gelingen, alle leisen Versuche glitten an der spröden Lustigkeit des Sängers ab. Er konnte ihn gar nicht begreifen.

Draußen war indes die Gegend schon stiller geworden und feierlich, einzelne Sterne traten zwischen den Wipfeln der dunkelnden Bäume hervor, der Fluß rauschte stärker durch die erquickende Kühle. Da war auch zuletzt an Fortunato die Reihe zu singen gekommen. Er sprang rasch auf, griff in seine Gitarre und sang:

> Was klingt mir so heiter
> Durch Busen und Sinn?
> Zu Wolken und weiter –
> Wo trägt es mich hin?
>
> Wie auf Bergen hoch bin ich
> So einsam gestellt
> Und grüße herzinnig,
> Was schön auf der Welt.
>
> Ja, Bacchus, dich seh ich,
> Wie göttlich bist du!
> Dein Glühen versteh ich,
> Die träumende Ruh'.

O rosenbekränztes
Jünglingsbild,
Dein Auge, wie glänzt es,
Die Flammen so mild!

Ist's Liebe, ist's Andacht,
Was so dich beglückt?
Rings Frühling dich anlacht,
Du sinnest entzückt. –

Frau Venus, du Frohe,
So klingend und weich,
In Morgenrots Lohe
Erblick ich dein Reich

Auf sonnigen Hügeln
Wie ein' Zauberring. –
Zart' Bübchen mit Flügeln
Bedienen dich flink,

Durchsäuseln die Räume
Und laden, was fein,
Als goldene Träume
Zur Königin ein.

Und Ritter und Frauen
Im grünen Revier
Durchschwärmen die Auen
Wie Blumen zur Zier.

Und jeglicher hegt sich
Sein Liebchen im Arm,
So wirrt und bewegt sich
Der selige Schwarm. –

Hier änderte er plötzlich Weise und Ton und fuhr fort:

>Die Klänge verrinnen,
>Es bleichet das Grün,
>Die Frauen stehn sinnend,
>Die Ritter schaun kühn.

>Und himmlisches Sehnen
>Geht singend durchs Blau,
>Da schimmert von Tränen
>Rings Garten und Au'. –

>Und mitten im Feste
>Erblick ich, wie mild!
>Den stillsten der Gäste. –
>Woher, einsam Bild?

>Mit blühendem Mohne,
>Der träumerisch glänzt,
>Und Lilienkrone
>Erscheint er bekränzt.

>Sein Mund schwillt zum Küssen
>So lieblich und bleich,
>Als brächt er ein Grüßen
>Aus himmlischem Reich.

>Eine Fackel wohl trägt er,
>Die wunderbar prangt.
>»Wo ist einer«, frägt er,
>»Den heimwärts verlangt?«

>Und manchmal da drehet
>Die Fackel er um –
>Tiefschauend vergehet
>Die Welt und wird stumm.

Und was hier versunken
Als Blumen zum Spiel,
Siehst oben du funkeln
Als Sterne nun kühl. –

O Jüngling vom Himmel,
Wie bist du so schön!
Ich laß das Gewimmel,
Mit dir will ich gehn!

Was will ich noch hoffen?
Hinauf, ach, hinauf!
Der Himmel ist offen,
Nimm, Vater, mich auf!

Fortunato war still und alle die übrigen auch, denn wirklich, draußen waren nun die Klänge verronnen und die Musik, das Gewimmel und alle die gaukelnde Zauberei nach und nach verhallend untergegangen vor dem unermeßlichen Sternenhimmel und dem gewaltigen Nachtgesange der Ströme und Wälder. Da trat ein hoher, schlanker Ritter in reichem Geschmeide, das grünlichgoldene Scheine zwischen die im Winde flackernden Lichter warf, in das Zelt herein. Sein Blick aus tiefen Augenhöhlen war irre flammend, das Gesicht schön, aber blaß und wüst. Alle dachten bei seinem plötzlichen Erscheinen unwillkürlich schaudernd an den stillen Gast in Fortunatos Liede. – Er aber begab sich nach einer flüchtigen Verbeugung gegen die Gesellschaft zu dem Büfett des Zeltwirtes und schlürfte hastig dunkelroten Wein mit den bleichen Lippen in langen Zügen hinunter.

Florio fuhr ordentlich zusammen, als der Seltsame sich darauf vor allen andern zu ihm wandte und ihn als einen früheren Bekannten in Lucca willkommen hieß. Erstaunt und nachsinnend betrachtete er ihn von oben bis unten, denn er wußte sich durchaus nicht zu erinnern, ihn jemals gesehn zu haben. Doch war der Ritter ausnehmend beredt und sprach viel über mancherlei Begebenheiten aus Florios früheren Tagen. Auch war er so genau bekannt mit der Gegend seiner Heimat, dem Garten und jedem heimischen Platz, der Florio herzlich lieb war aus alter Zeit, daß sich derselbe bald mit der dunkeln Gestalt auszusöhnen anfing.

In die übrige Gesellschaft indes schien Donati, so nannte sich der Ritter, nirgends hineinzupassen. Eine ängstliche Störung, deren Grund sich niemand anzugeben wußte, wurde überall sichtbar. Und da unterdes auch die Nacht nun völlig hereingekommen war, so brachen bald alle auf.

Es begann nun ein wunderliches Gewimmel von Wagen, Pferden, Dienern und hohen Windlichtern, die seltsame Scheine auf das nahe Wasser, zwischen die Bäume und die schönen wirrenden Gestalten umherwarfen. Donati erschien in der wilden Beleuchtung noch viel bleicher und schauerlicher als vorher. Das schöne Fräulein mit dem Blumenkranze hatte ihn beständig mit heimlicher Furcht von der Seite angesehen. Nun, da er gar auf sie zukam, um ihr mit ritterlicher Artigkeit auf den Zelter zu helfen, drängte sie sich scheu an den zurückstehenden Florio, der die Liebliche mit klopfendem Herzen in den Sattel hob. Alles war unterdes reisefertig, sie nickte ihm noch einmal von ihrem zierlichen Sitze freundlich zu, und bald war die ganze schimmernde Erscheinung in der Nacht verschwunden.

Es war Florio recht sonderbar zumute, als er sich plötzlich so allein mit Donati und dem Sänger auf dem weiten leeren Platze befand. Seine Gitarre im Arme, ging der letztere am Ufer des Flusses vor dem Zelte auf und nieder und schien auf neue Weisen zu sinnen, während er einzelne Töne griff, die beschwichtigend über die stille Wiese dahinzogen. Dann brach er plötzlich ab. Ein seltsamer Mißmut schien über seine sonst immer klaren Züge zu fliegen, er verlangte ungeduldig fort.

Alle drei bestiegen daher nun auch ihre Pferde und zogen miteinander der nahen Stadt zu. Fortunato sprach kein Wort unterwegs, desto freundlicher ergoß sich Donati in wohlgesetzten zierlichen Reden; Florio, noch im Nachklange der Lust, ritt still wie ein träumendes Mädchen zwischen beiden.

Als sie ans Tor kamen, stellte sich Donatis Roß, das schon vorher vor manchem Vorübergehenden gescheuet, plötzlich fast gerade in die Höh' und wollte nicht hinein. Ein funkelnder Zornesblitz fuhr, fast verzerrend, über das Gesicht des Reiters und ein wilder, nur halb ausgesprochener Fluch aus den zuckenden Lippen, worüber Florio nicht wenig erstaunte, da ihm solches Wesen zu der sonstigen feinen und besonnenen Anständigkeit des Ritters ganz und gar nicht zu passen schien. Doch faßte sich dieser bald wieder. »Ich wollte Euch bis in die Herberge begleiten«, sagte er lächelnd und mit der gewohnten Zierlichkeit zu Florio gewendet, »aber mein Pferd will es anders, wie Ihr seht. Ich bewohne hier vor der Stadt ein Landhaus, wo ich Euch recht bald bei mir zu sehen hoffe.« – Und hiermit verneigte er sich, und das Pferd, in unbegreiflicher Hast und Angst kaum mehr zu halten, flog pfeilschnell mit ihm in die Dunkelheit fort, daß der Wind hinter ihm drein pfiff.

»Gott sei Dank«, rief Fortunato aus, »daß ihn die Nacht wieder verschlungen hat! Kam er mir doch wahrhaftig vor wie einer von den falben, ungestalten Nachtschmetterlingen, die, wie aus einem phantastischen Traume entflogen, durch die Dämmerung schwirren und mit ihrem langen Katzenbarte und gräßlich großen Augen ordentlich ein Gesicht haben wollen.« Florio, der sich mit Donati schon ziemlich befreundet hatte, äußerte seine Verwunderung über dieses harte Urteil. Aber der Sänger, durch solche erstaunliche Sanftmut nur immer mehr gereizt, schimpfte lustig fort und nannte den Ritter, zu Florios heimlichem Ärger, einen Mondscheinjäger, einen Schmachtbahn, einen Renommisten in der Melancholie.

Unter solcherlei Gesprächen waren sie endlich bei der Herberge angelangt, und jeder begab sich bald in das ihm angewiesene Gemach.

Florio warf sich angekleidet auf das Ruhebett hin, aber er

konnte lange nicht einschlafen. In seiner von den Bildern des Tages aufgeregten Seele wogte und hallte und sang es noch immer fort. Und wie die Türen im Hause nur immer seltener auf- und zugingen, nur manchmal noch eine Stimme erschallte, bis endlich Haus, Stadt und Feld in tiefe Stille versank: da war es ihm, als führe er mit schwanenweißen Segeln einsam auf einem mondbeglänzten Meer. Leise schlugen die Wellen an das Schiff, Sirenen tauchten aus dem Wasser, die alle aussahen wie das schöne Mädchen mit dem Blumenkranze vom vorigen Abend. Sie sang so wunderbar, traurig und ohne Ende, als müsse er vor Wehmut untergehn. Das Schiff neigte sich unmerklich und sank langsam immer tiefer und tiefer. – Da wachte er erschrocken auf.

Er sprang von seinem Bett und öffnete das Fenster. Das Haus lag am Ausgange der Stadt, er übersah einen weiten stillen Kreis von Hügeln, Gärten und Tälern, vom Monde klar beschienen. Auch da draußen war es überall in den Bäumen und Strömen noch wie ein Verhallen und Nachhallen der vergangenen Lust, als sänge die ganze Gegend leise, gleich den Sirenen, die er im Schlummer gehört. Da konnte er der Versuchung nicht widerstehen. Er ergriff die Gitarre, die Fortunato bei ihm zurückgelassen, verließ das Zimmer und ging leise durch das ruhige Haus hinab. Die Tür unten war nur angelehnt, ein Diener lag eingeschlafen auf der Schwelle. So kam er unbemerkt ins Freie und wandelte fröhlich zwischen Weingärten durch leere Alleen an schlummernden Hütten vorüber immer weiter fort.

Zwischen den Rebengeländern hinaus sah er den Fluß im Tale; viele weißglänzende Schlösser, hin und wieder zerstreut, ruhten wie eingeschlafne Schwäne unten in dem Meer von Stille. Da sang er mit fröhlicher Stimme:

> Wie kühl schweift sich's bei nächt'ger Stunde,
> Die Zither treulich in der Hand!
> Vom Hügel grüß ich in die Runde
> Den Himmel und das stille Land.

Wie ist da alles so verwandelt,
Wo ich so fröhlich war, im Tal.
Im Wald wie still, der Mond nur wandelt
Nun durch den hohen Buchensaal.

Der Winzer Jauchzen ist verklungen
Und all der bunte Lebenslauf,
Die Ströme nur, im Tal geschlungen,
Sie blicken manchmal silbern auf.

Und Nachtigallen wie aus Träumen
Erwachen oft mit süßem Schall,
Erinnernd rührt sich in den Bäumen
Ein heimlich Flüstern überall. –

Die Freude kann nicht gleich verklingen,
Und von des Tages Glanz und Lust
Ist so auch mir ein heimlich Singen
Geblieben in der tiefsten Brust.

Und fröhlich greif ich in die Saiten,
O Mädchen, jenseits überm Fluß,
Du lauschest wohl und hörst's von weiten
Und kennst den Sänger an dem Gruß!

Er mußte über sich selber lachen, da er am Ende nicht wußte, wem er das Ständchen brachte. Denn die reizende Kleine mit dem Blumenkranze war es lange nicht mehr, die er eigentlich meinte. Die Musik bei den Zelten, der Traum auf seinem Zimmer und sein die Klänge und den Traum und die zierliche Erscheinung des Mädchens nachträumendes Herz hatte ihr Bild unmerklich und wundersam verwandelt in ein viel schöneres, größeres und herrlicheres, wie er es noch nirgend gesehen.

So in Gedanken schritt er noch lange fort, als er unerwartet bei einem großen, von hohen Bäumen rings umgebenen

Weiher anlangte. Der Mond, der eben über die Wipfel trat, beleuchtete scharf ein marmornes Venusbild, das dort dicht am Ufer auf einem Steine stand, als wäre die Göttin soeben erst aus den Wellen aufgetaucht und betrachte nun, selber verzaubert, das Bild der eigenen Schönheit, das der trunkene Wasserspiegel zwischen den leise aus dem Grunde aufblühenden Sternen widerstrahlte. Einige Schwäne beschrieben still ihre einförmigen Kreise um das Bild, ein leises Rauschen ging durch die Bäume ringsumher.

Florio stand wie eingewurzelt im Schauen, denn ihm kam jenes Bild wie eine lang gesuchte, nun plötzlich erkannte Geliebte vor, wie eine Wunderblume, aus der Frühlingsdämmerung und träumerischen Stille seiner frühesten Jugend her aufgewachsen. Je länger er hinsah, je mehr schien es ihm, als schlüge es die seelenvollen Augen langsam auf, als wollten sich die Lippen bewegen zum Gruße, als blühe Leben wie ein lieblicher Gesang erwärmend durch die schönen Glieder herauf. Er hielt die Augen lange geschlossen vor Blendung, Wehmut und Entzücken.

Als er wieder aufblickte, schien auf einmal alles wie verwandelt. Der Mond sah seltsam zwischen Wolken hervor, ein stärkerer Wind kräuselte den Weiher in trübe Wellen, das Venusbild, so fürchterlich weiß und regungslos, sah ihn fast schreckhaft mit den steinernen Augenhöhlen aus der grenzenlosen Stille an. Ein niegefühltes Grausen überfiel da den Jüngling. Er verließ schnell den Ort, und immer schneller und ohne auszuruhen eilte er durch die Gärten und Weinberge wieder fort, der ruhigen Stadt zu; denn auch das Rauschen der Bäume kam ihm nun wie ein verständiges, vernehmliches Geflüster vor, und die langen gespenstischen Pappeln schienen mit ihren weitgestreckten Schatten hinter ihm drein zu langen.

So kam er sichtbar verstört in der Herberge an. Da lag der Schlafende noch auf der Schwelle und fuhr erschrocken auf, als Florio an ihm vorüberstreifte. Florio aber schlug schnell die Tür hinter sich zu und atmete erst tief auf, als er oben sein

Zimmer betrat. Hier ging er noch lange auf und nieder, ehe er sich beruhigte. Dann warf er sich aufs Bett und schlummerte endlich unter den seltsamsten Träumen ein.

Am folgenden Morgen saßen Florio und Fortunato unter den hohen, von der Morgensonne durchfunkelten Bäumen vor der Herberge miteinander beim Frühstück. Florio sah blässer als gewöhnlich und angenehm überwacht aus. »Der Morgen«, sagte Fortunato lustig, »ist ein recht kerngesunder, wildschöner Gesell, wie er so von den höchsten Bergen in die schlafende Welt hinunterjauchzt und von den Blumen und Bäumen die Tränen schüttelt und wogt und lärmt und singt. Der macht eben nicht sonderlich viel aus den sanften Empfindungen, sondern greift kühl an alle Glieder und lacht einem ins lange Gesicht, wenn man so preßhaft und noch ganz wie in Mondschein getaucht vor ihn hinaustritt.« Florio schämte sich nun, dem Sänger, wie er sich anfangs vorgenommen, etwas von dem schönen Venusbilde zu sagen, und schwieg betreten still. Sein Spaziergang in der Nacht war aber von dem Diener an der Haustür bemerkt und wahrscheinlich verraten worden, und Fortunato fuhr lachend fort: »Nun, wenn Ihr's nicht glaubt, versucht es nur einmal und stellt Euch jetzt hierher und sagt zum Exempel: ›O schöne, holde Seele, o Mondschein, du Blütenstaub zärtlicher Herzen‹ usw., ob das nicht recht zum Lachen wäre! Und doch wette ich, habt Ihr diese Nacht dergleichen oft gesagt und gewiß ordentlich ernsthaft dabei ausgesehen.«

Florio hatte sich Fortunato ehedem immer so still und sanftmütig vorgestellt, nun verwunderte ihn recht innerlichst die kecke Lustigkeit des geliebten Sängers. Er sagte hastig, und die Tränen traten ihm dabei in die seelenvollen Augen: »Ihr sprecht da sicherlich anders, als Euch selber zumute ist, und das solltet Ihr nimmermehr tun. Aber ich lasse mich von Euch nicht irremachen, es gibt noch sanfte und hohe Empfindungen, die wohl schamhaft sind, aber sich nicht zu schämen brauchen, und ein stilles Glück, das sich vor dem lauten Tage verschließt und nur dem Sternenhimmel den heiligen Kelch öffnet wie eine Blume, in der ein Engel wohnt.« Fortunato sah den Jüngling verwundert an, dann rief er aus: »Nun wahrhaftig, Ihr seid recht ordentlich verliebt!«

Man hatte unterdes Fortunato, der spazierenreiten wollte, sein Pferd vorgeführt. Freundlich streichelte er den gebogenen Hals des zierlich aufgeputzten Rößleins, das mit fröhlicher Ungeduld den Rasen stampfte. Dann wandte er sich noch einmal zu Florio und reichte ihm gutmütig lächelnd die Hand. »Ihr tut mir doch leid«, sagte er, »es gibt gar zu viele sanfte, gute, besonders verliebte junge Leute, die ordentlich versessen sind auf Unglücklichsein. Laßt das, die Melancholie, den Mondschein und alle den Plunder; und geht's auch manchmal wirklich schlimm, nur frisch heraus in Gottes freien Morgen und da draußen sich recht abgeschüttelt, im Gebet aus Herzensgrund – und es müßte wahrlich mit dem Bösen zugehen, wenn Ihr nicht so recht durch und durch fröhlich und stark werdet!« Und hiermit schwang er sich schnell auf sein Pferd und ritt zwischen den Weinbergen und blühenden Gärten in das farbige, schallende Land hinein, selber so bunt und freudig anzuschauen wie der Morgen vor ihm.

Florio sah ihm lange nach, bis die Glanzeswogen über dem fernen Meer zusammenschlugen. Dann ging er hastig unter den Bäumen auf und nieder. Ein tiefes unbestimmtes Verlangen war von den Erscheinungen der Nacht in seiner Seele zurückgeblieben. Dagegen hatte ihn Fortunato durch seine Rede seltsam verstört und verwirrt. Er wußte nun selbst nicht mehr, was er wollte, gleich einem Nachtwandler, der plötzlich bei seinem Namen gerufen wird. Sinnend blieb er oftmals vor der wunderreichen Aussicht in das Land hinab stehen, als wollte er das freudig kräftige Walten da draußen um Auskunft fragen. Aber der Morgen spielte nur einzelne Zauberlichter wie durch die Bäume über ihm in sein träumerisch funkelndes Herz hinein, das noch in anderer Macht stand. Denn drinnen zogen die Sterne noch immerfort ihre magischen Kreise, zwischen denen das wunderschöne Marmorbild mit neuer, unwiderstehlicher Gewalt heraufsah.

So beschloß er denn endlich, den Weiher wieder aufzusuchen, und schlug rasch denselben Pfad ein, den er in der Nacht gewandelt.

Wie sah aber dort nun alles so anders aus! Fröhliche Menschen durchirrten geschäftig die Weinberge, Gärten und Alleen, Kinder spielten ruhig auf dem sonnigen Rasen vor den Hütten, die ihn in der Nacht unter den traumhaften Bäumen oft gleich eingeschlafenen Sphinxen erschreckt hatten, der Mond stand fern und verblaßt am klaren Himmel, unzählige Vögel sangen lustig im Walde durcheinander. Er konnte gar nicht begreifen, wie ihn damals hier so seltsame Furcht überfallen konnte.

Bald bemerkte er indes, daß er in Gedanken den rechten Weg verfehlt. Er betrachtete aufmerksam alle Plätze und ging zweifelhaft bald zurück, bald wieder vorwärts; aber vergeblich; je emsiger er suchte, je unbekannter und ganz anders kam ihm alles vor.

Lange war er so umhergeirrt. Die Vögel schwiegen schon, der Kreis der Hügel wurde nach und nach immer stiller, die Strahlen der Mittagssonne schillerten sengend über der ganzen Gegend draußen, die wie unter einem Schleier von Schwüle zu schlummern und zu träumen schien. Da kam er unerwartet an ein Tor von Eisengittern, zwischen dessen zierlich vergoldeten Stäben hindurch man in einen weiten prächtigen Lustgarten hineinsehen konnte. Ein Strom von Kühle und Duft wehte den Ermüdeten erquickend daraus an. Das Tor war nicht verschlossen, er öffnete es leise und trat hinein.

Hohe Buchenalleen empfingen ihn da mit ihren feierlichen Schatten, zwischen denen goldene Vögel wie abgewehte Blüten hin und wieder flatterten, während große seltsame Blumen, wie sie Florio niemals gesehen, traumhaft mit ihren gelben und roten Glocken in dem leisen Winde hin und her schwankten. Unzählige Springbrunnen plätscherten, mit vergoldeten Kugeln spielend, einförmig in der großen Einsamkeit. Zwischen den Bäumen hindurch sah man in der Ferne einen prächtigen Palast mit hohen schlanken Säulen hereinschimmern. Kein Mensch war ringsum zu sehen, tiefe Stille herrschte überall. Nur hin und wieder erwachte manchmal eine Nachtigall und sang wie im Schlummer fast schluchzend. Florio betrachtete verwundert Bäume, Brunnen und Blumen, denn es war ihm, als sei das alles lange versunken und über ihm ginge der Strom der Tage mit leichten, klaren Wellen und unten läge nur der Garten gebunden und verzaubert und träumte von dem vergangenen Leben.

Er war noch nicht weit vorgedrungen, als er Lautenklänge vernahm, bald stärker, bald wieder in dem Rauschen der Springbrunnen leise verhallend. Lauschend blieb er stehen, die Töne kamen immer näher und näher, da trat plötzlich in dem stillen Bogengange eine hohe schlanke Dame von wundersamer Schönheit zwischen den Bäumen hervor, langsam wandelnd und ohne aufzublicken. Sie trug eine prächtige, mit goldnem Bildwerk gezierte Laute im Arm, auf der sie, wie in tiefe Gedanken versunken, einzelne Akkorde griff. Ihr langes goldenes Haar fiel in reichen Locken über die fast bloßen, blendend weißen Achseln bis auf den Rücken hinab; die langen weiten Ärmel, wie vom Blütenschnee gewoben, wurden von zierlichen goldenen Spangen gehalten; den schönen Leib umschloß ein himmelblaues Gewand, ringsum an den Enden mit buntglühenden, wunderbar ineinander verschlungenen Blumen gestickt. Ein heller Sonnenblick durch eine Öffnung des Bogenganges schweifte soeben scharf beleuchtend über die blühende Gestalt. Florio fuhr innerlich zusammen – es waren unverkennbar die Züge, die Gestalt des schönen Venusbildes, das er heute nacht am Weiher gesehen. – Sie aber sang, ohne den Fremden zu bemerken:

Was weckst du, Frühling, mich von neuem wieder?
Daß all die alten Wünsche auferstehen,
Geht übers Land ein wunderbares Wehen;
Das schauert mir so lieblich durch die Glieder.

Die schöne Mutter grüßen tausend Lieder,
Die, wieder jung, im Brautkranz süß zu sehen;
Der Wald will sprechen, rauschend Ströme gehen,
Najaden tauchen singend auf und nieder.

Die Rose seh ich gehn aus grüner Klause
Und, wie so buhlerisch die Lüfte fächeln,
Errötend in die laue Luft sich dehnen.

So mich auch ruft ihr aus dem stillen Hause –
Und schmerzlich nun muß ich im Frühling lächeln,
Versinkend zwischen Duft und Klang vor Sehnen.

So singend wandelte sie fort, bald in dem Grünen verschwindend, bald wieder erscheinend, immer ferner und ferner, bis sie sich endlich in der Gegend des Palastes ganz verlor. Nun war es auf einmal wieder still, nur die Bäume und Wasserkünste rauschten wie vorher. Florio stand in blühende Träume versunken, es war ihm, als hätte er die schöne Lautenspielerin schon lange gekannt und nur in der Zerstreuung des Lebens wieder vergessen und verloren, als ginge sie nun vor Wehmut zwischen dem Quellenrauschen unter und riefe ihn unaufhörlich, ihr zu folgen. – Tiefbewegt eilte er weiter in den Garten hinein auf die Gegend zu, wo sie verschwunden war. Da kam er unter uralten Bäumen an ein verfallenes Mauerwerk, an dem noch hin und wieder schöne Bildereien halb kenntlich waren. Unter der Mauer auf zerschlagenen Marmorsteinen und Säulenknäufen, zwischen denen hohes Gras und Blumen üppig hervorschossen, lag ein schlafender Mann ausgestreckt. Erstaunt erkannte Florio den Ritter Donati. Aber seine Mienen schienen im Schlafe sonderbar verändert, er sah fast wie ein Toter aus. Ein heimlicher Schauer überfiel Florio bei diesem Anblick. Er rüttelte den Schlafenden heftig. Donati schlug langsam die Augen auf, und sein erster Blick war so fremd, stier und wild, daß sich Florio ordentlich vor ihm entsetzte. Dabei murmelte er noch zwischen Schlaf und Wachen einige dunkle Worte, die Florio nicht verstand. Als er sich endlich völlig ermuntert hatte, sprang er rasch auf und sah Florio, wie es schien, mit großem Erstaunen an. »Wo bin ich«, rief dieser hastig, »wer ist die edle Herrin, die in diesem schönen Garten wohnt?« – »Wie seid Ihr«, frug dagegen Donati sehr ernst, »in diesen Garten gekommen?« Florio erzählte kurz den Hergang, worüber der Ritter in tiefes Nachdenken versank. Der Jüngling wiederholte darauf dringend seine vorigen Fragen, und Donati sagte zerstreut: »Die Dame ist eine Verwandte von mir, reich und gewaltig, ihr Besitztum ist weit im Lande verbreitet – Ihr findet sie bald da, bald dort – auch in der Stadt Lucca ist sie zuweilen.« Florio fielen die flüchtig hingeworfenen Worte seltsam aufs Herz, denn es wurde ihm nun immer deutlicher, was ihn vorher nur vorübergehend angeflogen, nämlich, daß er die Dame schon einmal in früherer Jugend irgendwo gesehen, doch konnte er sich durchaus nicht klar besinnen.

Sie waren unterdes rasch fortgehend unvermerkt an das vergoldete Gittertor des Gartens gekommen. Es war nicht dasselbe, durch welches Florio vorhin eingetreten. Verwundert sah er sich in der unbekannten Gegend um; weit über die Felder weg lagen die Türme der Stadt im heitern Sonnenglanze. Am Gitter stand Donatis Pferd angebunden und scharrte schnaubend den Boden.

Schüchtern äußerte nun Florio den Wunsch, die schöne Herrin des Gartens künftig einmal wiederzusehen. Donati, der bis dahin noch immer in sich versunken war, schien sich erst hier plötzlich zu besinnen. »Die Dame«, sagte er mit der gewohnten umsichtigen Höflichkeit, »wird sich freuen, Euch kennenzulernen. Heute jedoch würden wir sie stören, und auch mich rufen dringende Geschäfte nach Hause.

Vielleicht kann ich Euch morgen abholen.« Und hierauf nahm er in wohlgesetzten Reden Abschied von dem Jüngling, bestieg sein Roß und war bald zwischen den Hügeln verschwunden.

Florio sah ihm lange nach, dann eilte er wie ein Trunkener der Stadt zu. Dort hielt die Schwüle noch alle lebendigen Wesen in den Häusern, hinter den dunkelkühlen Jalousien. Alle Gassen und Plätze waren so leer, Fortunato auch noch nicht zurückgekehrt. Dem Glücklichen wurde es hier zu enge in trauriger Einsamkeit. Er bestieg schnell sein Pferd und ritt noch einmal ins Freie hinaus.

›Morgen, morgen!‹ schallte es in einem fort durch seine Seele. Ihm war so unbeschreiblich wohl. Das schöne Marmorbild war ja lebend geworden und von seinem Steine in den Frühling hinuntergestiegen, der stille Weiher plötzlich verwandelt zur unermeßlichen Landschaft, die Sterne darin zu Blumen und der ganze Frühling ein Bild der Schönen. – Und so durchschweifte er lange die schönen Täler um Lucca, den prächtigen Landhäusern, Kaskaden und Grotten wechselnd vorüber, bis die Wellen des Abendrots über dem Fröhlichen zusammenschlugen.

Die Sterne standen schon klar am Himmel, als er langsam durch die stillen Gassen nach seiner Herberge zog. Auf einem der einsamen Plätze stand ein großes schönes Haus, vom Monde hell erleuchtet. Ein Fenster war oben geöffnet, an dem er zwischen künstlich gezogenen Blumen hindurch zwei weibliche Gestalten bemerkte, die in ein lebhaftes Gespräch vertieft schienen. Mit Verwunderung hörte er mehreremal deutlich seinen Namen nennen. Auch glaubte er in den einzelnen abgerissenen Worten, die die Luft herüberwehte, die Stimme der wunderbaren Sängerin wiederzuerkennen. Doch konnte er vor den im Mondesglanz zitternden Blättern und Blüten nichts genau unterscheiden. Er hielt an, um mehr zu vernehmen. Da bemerkten ihn die beiden Damen, und es wurde auf einmal still droben.

Unbefriedigt ritt Florio weiter, aber wie er soeben um die

Straßenecke bog, sah er, daß sich die eine von den Damen, noch einmal ihm nachblickend, zwischen den Blumen hinauslehnte und dann schnell das Fenster schloß.

Am folgenden Morgen, als Florio soeben seine Traumblüten abgeschüttelt und vergnügt aus dem Fenster über die in der Morgensonne funkelnden Türme und Kuppeln der Stadt hinaussah, trat unerwartet der Ritter Donati in das Zimmer. Er war ganz schwarz gekleidet und sah heute ungewöhnlich verstört, hastig und beinah wild aus. Florio erschrak ordentlich vor Freude, als er ihn erblickte, denn er gedachte sogleich der schönen Frau. »Kann ich sie sehen?« rief er ihm schnell entgegen. Donati schüttelte verneinend mit dem Kopfe und sagte, traurig vor sich auf den Boden hinsehend: »Heute ist Sonntag.« Dann fuhr er rasch fort, sich sogleich wieder ermannend: »Aber zur Jagd wollt ich Euch abholen.« – »Zur Jagd?« erwiderte Florio höchst verwundert, »heute am heiligen Tage?« – »Nun wahrhaftig«, fiel ihm der Ritter mit einem ingrimmigen, abscheulichen Lachen ins Wort, »Ihr wollt doch nicht etwa mit der Buhlerin unterm Arm zur Kirche wandern und im Winkel auf dem Fußschemel knien und andächtig Gott helf! sagen, wenn die Frau Base niest.« – »Ich weiß nicht, wie Ihr das meint«, sagte Florio, »und Ihr mögt immer über mich lachen, aber ich könnte heute nicht jagen. Wie da draußen alle Arbeit rastet und Wälder und Felder so geschmückt aussehen zu Gottes Ehre, als zögen Engel durch das Himmelblau über sie hinweg – so still, so feierlich und gnadenreich ist diese Zeit!« Donati stand in Gedanken am Fenster, und Florio glaubte zu bemerken, daß er heimlich schauderte, wie er so in die Sonntagsstille der Felder hinaussah.

Unterdes hatte sich der Glockenklang von den Türmen der Stadt erhoben und ging wie ein Beten durch die klare Luft. Da schien Donati erschrocken, er griff nach seinem Hut und drang beinah ängstlich in Florio, ihn zu begleiten, der es aber beharrlich verweigerte. »Fort, hinaus!« rief endlich der Ritter halblaut und wie aus tiefster, geklemmter Brust herauf, drückte dem erstaunten Jüngling die Hand und stürzte aus dem Hause fort.

Florio wurde recht heimatlich zumute, als darauf der frische klare Sänger Fortunato, wie ein Bote des Friedens, zu ihm ins Zimmer trat. Er brachte eine Einladung auf morgen abend nach einem Landhause vor der Stadt. »Macht Euch nur gefaßt«, setzte er hinzu, »Ihr werdet dort eine alte Bekannte treffen!« Florio erschrak ordentlich und fragte hastig: »Wen?« Aber Fortunato lehnte lustig alle Erklärungen ab und entfernte sich bald. »Sollte es die schöne Sängerin sein?« dachte Florio still bei sich, und sein Herz schlug heftig.

Er begab sich dann in die Kirche, aber er konnte nicht beten, er war zu fröhlich zerstreut. Müßig schlenderte er durch die Gassen. Da sah alles so rein und festlich aus, schön geputzte Herren und Damen zogen fröhlich und schimmernd nach den Kirchen. Aber, ach! Die Schönste war nicht unter ihnen! – Ihm fiel dabei sein Abenteuer beim gestrigen Heimzuge ein. Er suchte die Gasse auf und fand bald das große schöne Haus wieder; aber sonderbar! die Tür war geschlossen, alle Fenster fest zu, es schien niemand darin zu wohnen.

Vergeblich schweifte er den ganzen folgenden Tag in der Gegend umher, um nähere Auskunft über seine unbekannte Geliebte zu erhalten oder sie, wo möglich, gar wiederzusehen. Ihr Palast sowie der Garten, den er in jener Mittagsstunde zufällig gefunden, war wie versunken, auch Donati ließ sich nicht erblicken. Ungeduldig schlug daher sein Herz vor Freude und Erwartung, als er endlich am Abend, der Einladung zufolge, mit Fortunato, der fortwährend den Geheimnisvollen spielte, zum Tore hinaus dem Landhause zuritt.

Es war schon völlig dunkel, als sie draußen ankamen. Mitten in einem Garten, wie es schien, lag eine zierliche Villa mit schlanken Säulen, über denen sich von der Zinne ein zweiter Garten von Orangen und vielerlei Blumen duftig erhob. Große Kastanienbäume standen umher und streckten kühn und seltsam beleuchtet ihre Riesenarme zwischen den aus den Fenstern dringenden Scheinen in die Nacht hinaus. Der Herr vom Hause, ein feiner, fröhlicher Mann von mittleren Jahren, den aber Florio früher jemals gesehn zu haben sich nicht erinnerte, empfing den Sänger und seinen Freund herzlich an der Schwelle des Hauses und führte sie die breiten Stufen hinan in den Saal.

Eine fröhliche Tanzmusik scholl ihnen dort entgegen, eine große Gesellschaft bewegte sich bunt und zierlich durcheinander im Glanze unzähliger Lichter, die gleich Sternenkreisen in kristallenen Leuchtern über dem lustigen Schwarme schwebten. Einige tanzten, andere ergötzten sich in lebhaftem Gespräch, viele waren maskiert und gaben unwillkürlich durch ihre wunderliche Erscheinung dem anmutigen Spiele oft plötzlich eine tiefe, fast schauerliche Bedeutung.

Florio stand noch still geblendet, selber wie ein anmutiges Bild, zwischen den schönen schweifenden Bildern. Da trat ein zierliches Mädchen an ihn heran, in griechischem Gewande leicht geschürzt, die schönen Haare in künstliche Kränze geflochten. Eine Larve verbarg ihr halbes Gesicht und ließ die untere Hälfte nur desto rosiger und reizender sehen. Sie verneigte sich flüchtig, überreichte ihm eine Rose und war schnell wieder in dem Schwarme verloren.

In demselben Augenblick bemerkte er auch, daß der Herr vom Hause dicht bei ihm stand, ihn prüfend ansah, aber schnell wegblickte, als Florio sich umwandte.

Verwundert durchstrich nun der letztere die rauschende Menge. Was er heimlich gehofft, fand er nirgends, und er machte sich beinah Vorwürfe, dem fröhlichen Fortunato so leichtsinnig auf dieses Meer von Lust gefolgt zu sein, das ihn nun immer weiter von jener einsamen hohen Gestalt zu verschlagen schien. Sorglos umspülten indes die losen Wellen schmeichlerisch neckend den Gedankenvollen und tauschten ihm unmerklich die Gedanken aus. Wohl kommt die Tanzmusik, wenn sie auch nicht unser Innerstes erschüttert und umkehrt, recht wie ein Frühling leise und gewaltig über uns, die Töne tasten zauberisch wie die ersten Sommerblicke nach der Tiefe und wecken alle die Lieder, die unten gebunden schliefen, und Quellen und Blumen und uralte Erinnerungen und das ganze eingefrorne, schwere, stockende Leben wird ein leichter klarer Strom, auf dem das Herz mit rauschenden Wimpeln den lange aufgegebenen Wünschen fröhlich wieder zufährt. So hatte die allgemeine Lust auch Florio gar bald angesteckt, ihm war recht leicht zumute, als müßten sich alle Rätsel, die so schwül auf ihm lasteten, lösen.

Neugierig suchte er nun die niedliche Griechin wieder auf. Er fand sie in einem lebhaften Gespräch mit andern Masken, aber er bemerkte wohl, daß auch ihre Augen mitten im Gespräch suchend abseits schweiften und ihn schon von fern wahrgenommen hatten. Er forderte sie zum Tanze auf. Sie verneigte sich freundlich, aber ihre bewegliche Lebhaftigkeit schien wie gebrochen, als er ihre Hand berührte und festhielt. Sie folgte ihm still und mit gesenktem Köpfchen, man wußte nicht, ob schelmisch oder traurig. Die Musik begann, und er konnte keinen Blick verwenden von der reizenden Gauklerin, die ihn gleich den Zaubergestalten auf den alten fabelhaften Schildereien umschwebte. »Du kennst mich«, flüsterte sie kaum hörbar ihm zu, als sich einmal im Tanze ihre Lippen flüchtig beinah berührten.

Der Tanz war endlich aus, die Musik hielt plötzlich inne; da glaubte Florio seine schöne Tänzerin am anderen Ende des Saales *noch einmal* wieder zu sehen. Es war dieselbe Tracht, dieselben Farben des Gewandes, derselbe Haarschmuck. Das schöne Bild schien unverwandt auf ihn herzusehen und stand fortwährend still im Schwarme der nun überall zerstreuten Tänzer, wie ein heiteres Gestirn zwischen dem leichten fliegenden Gewölk bald untergeht, bald lieblich wieder erscheint. Die zierliche Griechin schien die Erscheinung nicht zu bemerken oder doch nicht zu beachten, sondern verließ, ohne ein Wort zu sagen, mit einem leisen flüchtigen Händedruck eilig ihren Tänzer.

Der Saal war unterdes ziemlich leer geworden. Alles

schwärmte in den Garten hinab, um sich in der lauen Luft zu ergehen, auch jenes seltsame Doppelbild war verschwunden. Florio folgte dem Zuge und schlenderte gedankenvoll durch die hohen Bogengänge. Die vielen Lichter warfen einen zauberischen Schein zwischen das zitternde Laub. Die hin und her schweifenden Masken, mit ihren veränderten grellen Stimmen und wunderbarem Aufzuge, nahmen sich hier in der ungewissen Beleuchtung noch viel seltsamer und fast gespenstisch aus.

Er war eben, unwillkürlich einen einsamen Pfad einschlagend, ein wenig von der Gesellschaft abgekommen, als er eine liebliche Stimme zwischen den Gebüschen singen hörte:

> Über die beglänzten Gipfel
> Fernher kommt es wie ein Grüßen,
> Flüsternd neigen sich die Wipfel,
> Als ob sie sich wollten küssen.
>
> Ist er doch so schön und milde!
> Stimmen gehen durch die Nacht,
> Singen heimlich von dem Bilde –
> Ach, ich bin so froh erwacht!
>
> Plaudert nicht so laut, ihr Quellen!
> Wissen darf es nicht der Morgen,
> In der Mondnacht linde Wellen
> Senk ich stille Glück und Sorgen.

Florio folgte dem Gesange und kam auf einen offnen runden Rasenplatz, in dessen Mitte ein Springbrunnen lustig mit den Funken des Mondlichts spielte. Die Griechin saß wie eine schöne Najade auf dem steinernen Becken. Sie hatte die Larve abgenommen und spielte gedankenvoll mit einer Rose in dem schimmernden Wasserspiegel. Schmeichlerisch schweifte der Mondschein über den blendend weißen Nakken auf und nieder, ihr Gesicht konnte er nicht sehen, denn sie hatte ihm den Rücken zugekehrt. – Als sie die Zweige hinter sich rauschen hörte, sprang das schöne Bildchen rasch auf, steckte die Larve vor und floh, schnell wie ein aufgescheuchtes Reh, wieder zur Gesellschaft zurück.

Florio mischte sich nun auch wieder in die bunten Reihen der Spazierengehenden. Manch zierliches Liebeswort schallte da leise durch die laue Luft, der Mondschein hatte mit seinen unsichtbaren Fäden alle die Bilder wie in ein goldnes Liebesnetz verstrickt, in das nur die Masken mit ihren ungeselligen Parodien manche komische Lücke gerissen. Besonders hatte Fortunato sich diesen Abend mehreremal verkleidet und trieb fortwährend seltsam wechselnd sinnreichen Spuk, immer neu und unerkannt und oft sich selber überraschend durch die Kühnheit und tiefe Bedeutsamkeit seines Spieles, so daß er manchmal plötzlich still wurde vor Wehmut, wenn die andern sich halb totlachen wollten.

Die schöne Griechin ließ sich indes nirgends sehen, sie schien es absichtlich zu vermeiden, dem Florio wieder zu begegnen.

Dagegen hatte ihn der Herr vom Hause recht in Beschlag genommen. Künstlich und weit ausholend befragte ihn derselbe weitläufig um sein früheres Leben, seine Reisen und seinen künftigen Lebensplan. Florio konnte dabei gar nicht vertraulich werden, denn Pietro, so hieß jener, sah fortwährend so beobachtend aus, als läge hinter allen den feinen Redensarten irgendein besonderer Anschlag auf der Lauer. Vergebens sann er hin und her, dem Grunde dieser zudringlichen Neugier auf die Spur zu kommen.

Er hatte sich soeben wieder von ihm losgemacht, als er, um den Ausgang einer Allee herumbiegend, mehreren Masken begegnete, unter denen er unerwartet die Griechin wieder erblickte. Die Masken sprachen viel und seltsam durcheinander, die eine Stimme schien ihm bekannt, doch konnte er sich nicht deutlich besinnen. Bald darauf verlor sich eine Gestalt nach der andern, bis er sich am Ende, eh er sich dessen recht versah, allein mit dem Mädchen befand. Sie blieb zögernd stehen und sah ihn einige Augenblicke schweigend an. Die Larve war fort, aber ein kurzer, blütenweißer Schleier, mit allerlei wunderlichen goldgestickten Figuren verziert, verdeckte das Gesichtchen. Er wunderte sich, daß die Scheue nun so allein bei ihm aushielt.

»Ihr habt mich in meinem Gesange belauscht«, sagte sie endlich freundlich. Es waren die ersten lauten Worte, die er von ihr vernahm. Der melodische Klang ihrer Stimme drang ihm durch die Seele, es war, als rührte sie erinnernd an alles Liebe, Schöne und Fröhliche, was er im Leben erfahren. Er entschuldigte seine Kühnheit und sprach verwirrt von der Einsamkeit, die ihn verlockt, seiner Zerstreuung, dem Rauschen der Wasserkunst. – Einige Stimmen näherten sich unterdes dem Platze. Das Mädchen blickte scheu um sich und ging rasch tiefer in die Nacht hinein. Sie schien es gern zu sehen, daß Florio ihr folgte.

Kühn und vertraulicher bat er sie nun, sich nicht länger zu verbergen oder doch ihren Namen zu sagen, damit ihre liebliche Erscheinung unter den tausend verwirrenden Bildern des Tages ihm nicht wieder verlorenginge. »Laßt das«, erwiderte sie träumerisch, »nehmt die Blumen des Lebens fröhlich, wie sie der Augenblick gibt, und forscht nicht nach den Wurzeln im Grunde, denn unten ist es freudlos und still.« Florio sah sie erstaunt an; er begriff nicht, wie solche rätselhaften Worte in den Mund des heiteren Mädchens kamen. Das Mondlicht fiel eben wechselnd zwischen den Bäumen auf ihre Gestalt. Da kam es ihm auch vor, als sei sie nun größer, schlanker und edler als vorhin beim Tanze und am Springbrunnen.

Sie waren indes bis an den Ausgang des Gartens gekommen. Keine Lampe brannte mehr hier, nur manchmal hörte man noch eine Stimme in der Ferne verhallend. Draußen ruhte der weite Kreis der Gegend still und feierlich im prächtigen Mondschein. Auf einer Wiese, die vor ihnen lag, bemerkte Florio mehrere Pferde und Menschen, in dem Dämmerlichte halbkenntlich durcheinander wirrend.

Hier blieb seine Begleiterin plötzlich stehen. »Es wird mich erfreuen«, sagte sie, »Euch einmal in meinem Hause zu sehen. Unser Freund wird Euch hingeleiten. – Lebt wohl!« Bei diesen Worten schlug sie den Schleier zurück, und Florio fuhr erschrocken zusammen. – Es war die wunderbare Schöne, deren Gesang er in jenem mittagschwülen Garten belauscht. – Aber ihr Gesicht, das der Mond hell beschien, kam ihm bleich und regungslos vor, fast wie damals das Marmorbild am Weiher.

Er sah nun, wie sie über die Wiese dahinging, von mehreren reichgeschmückten Dienern empfangen wurde und in einem schnell umgeworfenen schimmernden Jagdkleide einen schneeweißen Zelter bestieg. Wie festgebannt von Staunen, Freude und einem heimlichen Grauen, das ihn innerlichst überschlich, blieb er stehen, bis Pferde, Reiter und die ganze seltsame Erscheinung in die Nacht verschwunden war.

Ein Rufen aus dem Garten weckte ihn endlich aus seinen Träumen. Er erkannte Fortunatos Stimme und eilte, den Freund zu erreichen, der ihn schon längst vermißt und vergebens aufgesucht hatte. Dieser wurde seiner kaum gewahr, als er ihm schon entgegensang:

> Still in Luft
> Es gebart,
> Aus dem Duft
> Hebt sich's zart,
> Liebchen ruft,
> Liebster schweift
> Durch die Luft;
> Sternwärts greift,
> Seufzt und ruft,
> Herz wird bang,
> Matt wird Duft,
> Zeit wird lang –
> Mondscheinduft,

Luft in Luft
Bleibt Liebe und Liebste, wie sie gewesen!

»Aber wo seid Ihr denn auch so lange herumgeschwebt?« schloß er endlich lachend. Um keinen Preis hätte Florio sein Geheimnis verraten können. »Lange?« erwiderte er nur, selber erstaunt. Denn in der Tat war der Garten unterdes ganz leer geworden, alle Beleuchtung fast erloschen, nur wenige Lampen flackerten noch ungewiß wie Irrlichter im Winde hin und her.

Fortunato drang nicht weiter in den Jüngling, und schweigend stiegen sie in dem still gewordenen Hause die Stufen hinan. »Ich löse nun mein Wort«, sagte Fortunato, indem sie auf der Terrasse über dem Dache der Villa anlangten, wo noch eine kleine Gesellschaft unter dem heiter gestirnten Himmel versammelt war. Florio erkannte sogleich mehrere Gesichter, die er an jenem ersten fröhlichen Abend bei den Zelten gesehen. Mitten unter ihnen erblickte er auch seine schöne Nachbarin wieder. Aber der fröhliche Blumenkranz fehlte heute in den Haaren, ohne Band, ohne Schmuck wallten die schönen Locken um das Köpfchen und den zierlichen Hals. Er stand fast betroffen still bei dem Anblick. Die Erinnerung an jenen Abend überflog ihn mit einer seltsam wehmütigen Gewalt. Es war ihm, als sei das schon lange her, so ganz anders war alles seitdem geworden.

Das Fräulein wurde Bianka genannt und ihm als Pietros Nichte vorgestellt. Sie schien ganz verschüchtert, als er sich ihr näherte, und wagte es kaum, zu ihm aufzublicken. Er äußerte ihr seine Verwunderung, sie diesen Abend hindurch nicht gesehen zu haben. »Ihr habt mich öfter gesehen«, sagte sie leise, und er glaubte dieses Flüstern wiederzuerkennen. – Währenddes wurde sie die Rose an seiner Brust gewahr, welche er von der Griechin erhalten, und schlug errötend die Augen nieder. Florio bemerkte es wohl, ihm fiel dabei ein, wie er nach dem Tanze die Griechin doppelt gesehen. ›Mein Gott!‹ dachte er verwirrt bei sich, ›wer war denn das?‹

»Es ist gar seltsam«, unterbrach sie ablenkend das Stillschweigen, »so plötzlich aus der lauten Lust in die weite Nacht hinauszutreten. Seht nur, die Wolken gehn oft so schreckhaft wechselnd über den Himmel, daß man wahnsinnig werden müßte, wenn man lange hineinsähe; bald wie ungeheure Mondgebirge mit schwindligen Abgründen und schrecklichen Zacken, ordentlich wie Gesichter, bald wieder wie Drachen, oft plötzlich lange Hälse ausstreckend, und drunter schießt der Fluß heimlich wie eine goldne Schlange durch das Dunkel, das weiße Haus da drüben sieht aus wie ein stilles Marmorbild.« – »Wo?« fuhr Florio, bei diesem Worte heftig erschreckt, aus seinen Gedanken auf. Das Mädchen sah ihn verwundert an, und beide schwiegen einige Augenblicke still. »Ihr werdet Lucca verlassen?« sagte sie endlich zögernd und leise, als fürchtete sie sich vor einer Antwort. »Nein«, erwiderte Florio zerstreut, »doch ja, ja, bald, recht sehr bald!« Sie schien noch etwas sagen zu wollen, wandte aber plötzlich, die Worte zurückdrängend, ihr Gesicht ab in die Dunkelheit.

Er konnte endlich den Zwang nicht länger aushalten. Sein Herz war so voll und gepreßt und doch so überselig. Er nahm schnell Abschied, eilte hinab und ritt ohne Fortunato und alle Begleitung in die Stadt zurück.

Das Fenster in seinem Zimmer stand offen, er blickte flüchtig noch einmal hinaus. Die Gegend draußen lag unkenntlich und still wie eine wunderbar verschränkte Hieroglyphe im zauberischen Mondschein. Er schloß das Fenster fast erschrocken und warf sich auf sein Ruhebett hin, wo er wie ein Fieberkranker in die wunderlichsten Träume versank.

Bianka aber saß noch lange auf der Terrasse oben. Alle andern hatten sich zur Ruhe begeben, hin und wieder erwachte schon manche Lerche, mit ungewissem Liede hoch durch die stille Luft schweifend; die Wipfel der Bäume fingen an sich unten zu rühren, falbe Morgenlichter flogen wechselnd über ihr erwachtes, von den freigelassenen Locken nachlässig umwalltes Gesicht. – Man sagt, daß einem Mädchen, wenn sie in einem aus neunerlei Blumen geflochtenen Kranze einschläft, ihr künftiger Bräutigam im Traume erscheine. So eingeschlummert hatte Bianka nach jenem Abend bei den Zelten Florio im Traume gesehen. – Nun war alles Lüge, er war ja so zerstreut, so kalt und fremde! – Sie zerpflückte die trügerischen Blumen, die sie bis jetzt wie einen Brautkranz aufbewahrt. Dann lehnte sie die Stirn an das kalte Geländer und weinte aus Herzensgrunde.

Mehrere Tage waren seitdem vergangen, da befand sich Florio eines Nachmittags bei Donati auf seinem Landhause vor der Stadt. An einem mit Früchten und kühlem Wein besetzten Tische verbrachten sie die schwülen Stunden unter anmutigen Gesprächen, bis die Sonne schon tief hinabgesunken war. Währenddes ließ Donati seinen Diener auf der Gitarre spielen, der ihr gar liebliche Töne zu entlocken wußte. Die großen, weiten Fenster standen dabei offen, durch welche die lauen Abendlüfte den Duft vielfacher Blumen, mit denen das Fenster besetzt war, hineinwehten. Draußen lag die Stadt im farbigen Duft zwischen den Gärten und Weinbergen, von denen ein fröhliches Schallen durch die Fenster heraufkam. Florio war innerlichst vergnügt, denn er gedachte im stillen immerfort der schönen Frau.

Währenddes ließen sich draußen Waldhörner aus der Ferne vernehmen. Bald näher, bald weit, gaben sie einander unablässig anmutige Antwort von den grünen Bergen. Donati trat ans Fenster. »Das ist die Dame«, sagte er, »die Ihr in dem schönen Garten gesehen habt, sie kehrt soeben von der Jagd nach ihrem Schlosse zurück.« Florio blickte hinaus. Da sah er das Fräulein auf einem schönen Zelter unten über den grünen Anger ziehen. Ein Falke, mit einer goldenen Schnur an ihren Gürtel befestigt, saß auf ihrer Hand, ein Edelstein an ihrer Brust warf in der Abendsonne lange, grünlichgoldne Scheine über die Wiese hin. Sie nickte freundlich zu ihm herauf.

»Das Fräulein ist nur selten zu Hause«, sagte Donati,

»wenn es Euch gefällig wäre, könnten wir sie noch heute besuchen.« Florio fuhr bei diesen Worten freudig aus dem träumerischen Schauen, in das er versunken stand, er hätte dem Ritter um den Hals fallen mögen. – Und bald saßen beide draußen zu Pferde.

Sie waren noch nicht lange geritten, als sich der Palast mit seiner heitern Säulenpracht vor ihnen erhob, ringsum von dem schönen Garten wie von einem fröhlichen Blumenkranz umgeben. Von Zeit zu Zeit schwangen sich Wasserstrahlen von den vielen Springbrunnen wie jauchzend bis über die Wipfel der Gebüsche, hell im Abendgolde funkelnd. – Florio verwunderte sich, wie er bisher niemals den Garten wiederfinden konnte. Sein Herz schlug laut vor Entzücken und Erwartung, als sie endlich bei dem Schlosse anlangten.

Mehrere Diener eilten herbei, ihnen die Pferde abzunehmen. Das Schloß selbst war ganz von Marmor und seltsam, fast wie ein heidnischer Tempel erbaut. Das schöne Ebenmaß aller Teile, die wie jugendliche Gedanken hochaufstrebenden Säulen, die künstlichen Verzierungen, sämtlich Geschichten aus einer fröhlichen, lange versunkenen Welt darstellend, die schönen marmornen Götterbilder endlich, die überall in den Nischen umherstanden, alles erfüllte die Seele mit einer unbeschreiblichen Heiterkeit. Sie betraten nun die weite Halle, die durch das ganze Schloß hindurchging. Zwischen den luftigen Säulen glänzte und wehte ihnen überall der Garten duftig entgegen.

Auf den breiten glattpolierten Stufen, die in den Garten hinabführten, trafen sie endlich auch die schöne Herrin des Palastes, die sie mit großer Anmut willkommen hieß. – Sie ruhte, halb liegend, auf einem Ruhebett von köstlichen Stoffen. Das Jagdkleid hatte sie abgelegt, ein himmelblaues Gewand, von einem wunderbar zierlichen Gürtel zusammengehalten, umschloß die schönen Glieder. Ein Mädchen, neben ihr kniend, hielt ihr einen reichverzierten Spiegel vor, während mehrere andere beschäftigt waren, ihre anmutige Gebieterin mit Rosen zu schmücken. Zu ihren Füßen war ein

Kreis von Jungfrauen auf dem Rasen gelagert, die sangen mit abwechselnden Stimmen zur Laute, bald hinreißend fröhlich, bald leise klagend, wie Nachtigallen in warmen Sommernächten einander Antwort geben.

In dem Garten selbst sah man überall ein erfrischendes Wehen und Regen. Viele fremde Herren und Damen wandelten da zwischen den Rosengebüschen und Wasserkünsten in artigen Gesprächen auf und nieder. Reichgeschmückte Edelknaben reichten Wein und mit Blumen verdeckte Orangen und Früchte in silbernen Schalen umher. Weiter in der Ferne, wie die Lautenklänge und die Abendstrahlen so über die Blumenfelder dahinglitten, erhoben sich hin und her schöne Mädchen, wie aus Mittagsträumen erwachend, aus den Blumen, schüttelten die dunkeln Locken aus der Stirn, wuschen sich die Augen in den klaren Springbrunnen und mischten sich dann auch in den fröhlichen Schwarm.

Florios Blicke schweiften wie geblendet über die bunten Bilder, immer mit neuer Trunkenheit wieder zu der schönen Herrin des Schlosses zurückkehrend. Diese ließ sich in ihrem kleinen anmutigen Geschäft nicht stören. Bald etwas an ihrem dunkeln duftenden Lockengeflecht verbessernd, bald wieder im Spiegel sich betrachtend, sprach sie dabei fortwährend zu dem Jüngling, mit gleichgültigen Dingen in zierlichen Worten holdselig spielend. Zuweilen wandte sie sich plötzlich um und blickte ihn unter den Rosenkränzen so unbeschreiblich lieblich an, daß es ihm durch die innerste Seele ging.

Die Nacht hatte indes schon angefangen, zwischen die fliegenden Abendlichter hinein zu dunkeln, das lustige Schallen im Garten wurde nach und nach zum leisen Liebesgeflüster, der Mondschein legte sich zauberisch über die schönen Bilder. Da erhob sich die Dame von ihrem blumigen Sitze und faßte Florio freundlich bei der Hand, um ihn in das Innere ihres Schlosses zu führen, von dem er bewundernd gesprochen. Viele von den andern folgten ihnen nach. Sie gingen einige Stufen auf und nieder, die Gesellschaft zerstreute sich inzwischen lustig, lachend und scherzend durch die vielfachen Säulengänge, auch Donati war im Schwarme verloren, und bald befand sich Florio mit der Dame allein in einem der prächtigsten Gemächer des Schlosses.

Die schöne Führerin ließ sich hier auf mehrere am Boden liegende seidene Kissen nieder. Sie warf dabei, zierlich wechselnd, ihren weiten, blütenweißen Schleier in die mannigfaltigsten Richtungen, immer schönere Formen bald enthüllend, bald lose verbergend. Florio betrachtete sie mit flammenden Augen. Da begann auf einmal draußen in dem Garten ein wunderschöner Gesang. Es war ein altes frommes Lied, das er in seiner Kindheit oft gehört und seitdem über den wechselnden Bildern der Reise fast vergessen hatte. Er wurde ganz zerstreut, denn es kam ihm zugleich vor, als wäre es Fortunatos Stimme. »Kennt Ihr den Sänger?« fragte er rasch die Dame. Diese schien ordentlich erschrocken und verneinte es verwirrt. Dann saß sie lange im stummen Nachsinnen da.

Florio hatte unterdes Zeit und Freiheit, die wunderlichen Verzierungen des Gemaches genau zu betrachten. Es war nur matt durch einige Kerzen erleuchtet, die von zwei ungeheuren, aus der Wand hervorragenden Armen gehalten wurden. Hohe, ausländische Blumen, die in künstlichen Krügen umherstanden, verbreiteten einen berauschenden Duft. Gegenüber stand eine Reihe marmorner Bildsäulen, über deren reizende Formen die schwankenden Lichter lüstern auf und nieder schweiften. Die übrigen Wände füllten köstliche Tapeten mit in Seide gewirkten lebensgroßen Historien von ausnehmender Frische.

Mit Verwunderung glaubte Florio, in allen den Damen, die er in diesen letzteren Schildereien erblickte, die schöne Herrin des Hauses deutlich wiederzuerkennen. Bald erschien sie, den Falken auf der Hand, wie er sie vorhin gesehen hatte, mit einem jungen Ritter auf die Jagd reitend, bald war sie in einem prächtigen Rosengarten vorgestellt, wie ein anderer schöner Edelknabe auf den Knien zu ihren Füßen lag.

Da flog es ihn plötzlich wie von den Klängen des Liedes draußen an, daß er zu Hause in früher Kindheit oftmals ein solches Bild gesehen, eine wunderschöne Dame in derselben Kleidung, einen Ritter zu ihren Füßen, hinten einen weiten Garten mit vielen Springbrunnen und künstlich geschnittenen Alleen, gerade so, wie vorhin der Garten draußen erschienen. Auch Abbildungen von Lucca und anderen berühmten Städten erinnerte er sich dort gesehen zu haben.

Er erzählte es nicht ohne tiefe Bewegung der Dame. »Damals«, sagte er, in Erinnerungen verloren, »wenn ich so an schwülen Nachmittagen in dem einsamen Lusthause unseres Gartens vor den alten Bildern stand und die wunderlichen Türme der Städte, die Brücken und Alleen betrachtete, wie da prächtige Karossen fuhren und stattliche Kavaliers einherritten, die Damen in den Wagen begrüßend – da dachte ich nicht, daß das alles einmal lebendig werden würde um mich herum. Mein Vater trat dabei oft zu mir und erzählte mir manch lustiges Abenteuer, das ihm auf seinen jugendlichen Heeresfahrten in der und jener von den abgemalten Städten begegnet. Dann pflegte er gewöhnlich lange Zeit nachdenklich in dem stillen Garten auf und ab zu gehen. – Ich aber warf mich in das tiefste Gras und sah stundenlang zu, wie Wolken über die schwüle Gegend wegzogen. Die Gräser und Blumen schwankten leise hin und her über mir, als wollten sie seltsame Träume weben, die Bienen summten dazwischen so sommerhaft und in einem fort – ach! das ist alles wie ein Meer von Stille, in dem das Herz vor Wehmut untergehen möchte!« – »Laßt nur das!« sagte hier die Dame wie in Zerstreuung, »ein jeder glaubt mich schon einmal gesehen zu haben, denn mein Bild dämmert und blüht wohl in allen Jugendträumen mit herauf.« Sie streichelte dabei beschwichtigend dem schönen Jüngling die braunen Locken aus der klaren Stirn. – Florio aber stand auf, sein Herz war zu voll und tief bewegt, er trat ans offne Fenster. Da rauschten die Bäume, hin und her schlug eine Nachtigall, in der Ferne blitzte es zuweilen. Über den stillen Garten weg zog immerfort der Gesang wie ein klarer kühler Strom, aus dem die alten Jugendträume herauftauchten. Die Gewalt dieser Töne hatte seine ganze Seele in tiefe Gedanken versenkt, er kam sich auf einmal hier so fremd und wie aus sich selber verirrt vor. Selbst die letzten Worte der Dame, die er sich nicht recht zu deuten wußte, beängstigten ihn sonderbar – da sagte er leise aus tiefstem Grunde der Seele: »Herrgott, laß mich nicht verlorengehen in der Welt!« Kaum hatte er die Worte innerlichst ausgesprochen, als sich draußen ein trüber Wind, wie von dem herannahenden Gewitter, erhob und ihn verwirrend anwehte. Zu gleicher Zeit bemerkte er an dem Fenstergesimse Gras und einzelne Büschel von Kräutern wie auf altem Gemäuer. Eine Schlange fuhr zischend daraus hervor und stürzte, mit dem grünlichgoldenen Schweife sich ringelnd, in den Abgrund hinunter.

Erschrocken verließ Florio das Fenster und kehrte zu der Dame zurück. Diese saß unbeweglich still, als lauschte sie. Dann stand sie rasch auf, ging ans Fenster und sprach mit anmutiger Stimme scheltend in die Nacht hinaus. Florio konnte aber nichts verstehen, denn der Sturm riß die Worte gleich mit sich fort. – Das Gewitter schien indes immer näher zu kommen, der Wind, zwischen dem noch immerfort einzelne Töne des Gesanges herzzerreißend herauflogen, strich pfeifend durch das ganze Haus und drohte die wild hin und her flackernden Kerzen zu verlöschen. Ein langer Blitz erleuchtete soeben das dämmernde Gemach. Da fuhr Florio plötzlich einige Schritte zurück, denn es war ihm, als stünde die Dame starr mit geschlossenen Augen und ganz weißem Antlitz und Armen vor ihm. – Mit dem flüchtigen Blitzesscheine jedoch verschwand auch das schreckliche Gesicht wieder, wie es entstanden. Die alte Dämmerung füllte wieder das Gemach, die Dame sah ihn wieder lächelnd an wie vorhin, aber stillschweigend und wehmütig, wie mit schwerverhaltenen Tränen.

Florio hatte indes, im Schreck zurücktaumelnd, eines von den steinernen Bildern, die an der Wand herumstanden, angestoßen. In demselben Augenblicke begann dasselbe sich zu rühren, die Regung teilte sich schnell den andern mit, und bald erhoben sich alle die Bilder mit furchtbarem Schweigen von ihrem Gestelle. Florio zog seinen Degen und warf einen ungewissen Blick auf die Dame. Als er aber bemerkte, daß dieselbe bei den indes immer gewaltiger werdenden Tönen des Gesanges im Garten immer bleicher und bleicher wurde, gleich einer versinkenden Abendröte, worin endlich auch die lieblich spielenden Augensterne unterzugehen schienen, da erfaßte ihn ein tödliches Grauen. Denn auch die hohen Blumen in den Gefäßen fingen an, sich wie buntgefleckte bäumende Schlangen gräßlich durcheinanderzuwinden, alle Ritter auf den Wandtapeten sahen auf einmal aus wie er und lachten ihn hämisch an; die beiden Arme, welche die Kerzen hielten, rangen und reckten sich immer länger, als wolle ein ungeheurer Mann aus der Wand sich hervorarbeiten, der Saal füllte sich mehr und mehr, die Flammen des Blitzes warfen gräßliche Scheine zwischen die Gestalten, durch deren Gewimmel Florio die steinernen Bilder mit solcher Gewalt auf sich losdringen sah, daß ihm die Haare zu Berge standen. Das Grausen überwältigte alle seine Sinne, er stürzte verworren aus dem Zimmer durch die öden, widerhallenden Gemächer und Säulengänge hinab.

Unten im Garten lag seitwärts der stille Weiher, den er in jener ersten Nacht gesehen, mit dem marmornen Venusbilde. – Der Sänger Fortunato, so kam es ihm vor, fuhr abgewendet und hoch aufrecht stehend im Kahne mitten auf dem Weiher, noch einzelne Akkorde in seine Gitarre greifend. – Florio aber hielt auch diese Erscheinung für ein verwirrendes Blendwerk der Nacht und eilte fort und fort, ohne sich umzusehen, bis Weiher, Garten und Palast weit hinter ihm versunken waren. Die Stadt ruhte, hell vom Monde beschienen, vor ihm. Fernab am Horizonte verhallte nur ein leichtes Gewitter, es war eine prächtig klare Sommernacht.

Schon flogen einzelne Lichtstreifen über den Morgenhimmel, als er vor den Toren ankam. Er suchte dort heftig Donatis Wohnung auf, ihn wegen der Begebenheiten dieser Nacht zur Rede zu stellen. Das Landhaus lag auf einem der höchsten Plätze mit der Aussicht über die Stadt und die ganze umliegende Gegend. Er fand daher die anmutige Stelle bald wieder. Aber anstatt der zierlichen Villa, in der er gestern gewesen, stand nur eine niedere Hütte da, ganz von Weinlaub überrankt und von einem kleinen Gärtchen umschlossen. Tauben, in den ersten Morgenstrahlen spielend, gingen girrend auf dem Dache auf und nieder, ein tiefer, heiterer Friede herrschte überall. Ein Mann mit dem Spaten auf der Achsel kam soeben aus dem Hause und sang:

>   Vergangen ist die finstre Nacht,
>   Des Bösen Trug und Zaubermacht,
>   Zur Arbeit weckt der lichte Tag;
>   Frisch auf, wer Gott noch loben mag!

Er brach sein Lied plötzlich ab, als er den Fremden so bleich und mit verworrenem Haar daherfliegen sah. – Ganz verwirrt fragte Florio nach Donati. Der Gärtner aber kannte den Namen nicht und schien den Fragenden für wahnsinnig zu halten. Seine Tochter dehnte sich auf der Schwelle in die kühle Morgenluft hinaus und sah den Fremden frisch und morgenklar mit den großen, verwunderten Augen an. »Mein Gott! wo bin ich denn so lange gewesen!« sagte Florio halb leise in sich und floh eilig zurück durch das Tor und die noch leeren Gassen in die Herberge.

Hier verschloß er sich in sein Zimmer und versank ganz und gar in ein hinstarrendes Nachsinnen. Die unbeschreibliche Schönheit der Dame, wie sie so langsam vor ihm verblich und die anmutigen Augen untergingen, hatte in seinem tiefsten Herzen eine solche unendliche Wehmut zurückgelassen, daß er sich unwiderstehlich sehnte, hier zu sterben.

In solchem unseligen Brüten und Träumen blieb er den ganzen Tag und die darauffolgende Nacht hindurch.

Die früheste Morgendämmerung fand ihn schon zu Pferde vor den Toren der Stadt. Das unermüdliche Zureden seines getreuen Dieners hatte ihn endlich zu dem Entschlusse bewogen, diese Gegend gänzlich zu verlassen. Langsam und in sich gekehrt zog er nun die schöne Straße, die von Lucca in das Land hinausführte, zwischen den dunkelnden Bäumen, in denen die Vögel noch schliefen, dahin. Da gesellten sich, nicht gar fern von der Stadt, noch drei andere Reiter zu ihm. Nicht ohne heimlichen Schauer erkannte er in dem einen den Sänger Fortunato. Der andere war Fräulein Biankas Oheim, in dessen Landhause er an jenem verhängnisvollen Abende getanzt. Er wurde von einem Knaben begleitet, der stillschweigend und ohne viel aufzublicken neben ihm herritt. Alle drei hatten sich vorgenommen, miteinander das schöne Italien zu durchschweifen, und luden Florio freundlich ein, mit ihnen zu reisen. Er aber verneigte sich schweigend, weder einwilligend noch verneinend, und nahm fortwährend an allen ihren Gesprächen nur geringen Anteil.

Die Morgenröte erhob sich indes immer höher und kühler über der wunderschönen Landschaft vor ihnen. Da sagte der heitere Pietro zu Fortunato: »Seht nur, wie seltsam das Zwielicht über dem Gestein der alten Ruine auf dem Berge dort spielt! Wie oft bin ich, schon als Knabe, mit Erstaunen, Neugier und heimlicher Scheu dort herumgeklettert! Ihr seid so vieler Sagen kundig, könnt Ihr uns nicht Auskunft geben von dem Ursprung und Verfall dieses Schlosses, von dem so wunderliche Gerüchte im Lande gehen?« Florio warf einen Blick nach dem Berge. In einer großen Einsamkeit lag da altes verfallenes Gemäuer umher, schöne, halb in die Erde versunkene Säulen und künstlich gehauene Steine, alles von einer üppig blühenden Wildnis grünverschlungener Ranken, Hecken und hohen Unkrauts überdeckt. Ein Weiher befand sich daneben, über dem sich ein zum Teil zertrümmertes Marmorbild erhob, hell vom Morgen angeglüht. Es war offenbar dieselbe Gegend, dieselbe Stelle, wo er den schönen Garten und die Dame gesehen hatte. – Er schauerte innerlichst zusammen bei dem Anblicke. – Fortunato aber sagte: »Ich weiß ein altes Lied darauf, wenn Ihr damit fürliebnehmen wollt.« Und hiermit sang er, ohne sich lange zu besinnen, mit seiner klaren fröhlichen Stimme in die heitere Morgenluft hinaus:

> Von kühnen Wunderbildern
> Ein großer Trümmerhauf',
> In reizendem Verwildern
> Ein blühender Garten drauf.
>
> Versunknes Reich zu Füßen,
> Vom Himmel fern und nah,
> Aus andrem Reich ein Grüßen –
> Das ist Italia!
>
> Wenn Frühlingslüfte wehen
> Hold überm grünen Plan,
> Ein leises Auferstehen
> Hebt in den Tälern an.
>
> Da will sich's unten rühren
> Im stillen Göttergrab,
> Der Mensch kann's schauernd spüren
> Tief in die Brust hinab.
>
> Verwirrend in den Bäumen
> Gehn Stimmen hin und her,
> Ein sehnsuchtsvolles Träumen
> Weht übers blaue Meer.
>
> Und unterm duft'gen Schleier,
> Sooft der Lenz erwacht,
> Webt in geheimer Feier
> Die alte Zaubermacht.

Frau Venus hört das Locken,
Der Vögel heitern Chor,
Und richtet froh erschrocken
Aus Blumen sich empor.

Sie sucht die alten Stellen,
Das luft'ge Säulenhaus,
Schaut lächelnd in die Wellen
Der Frühlingsluft hinaus.

Doch öd sind nun die Stellen,
Stumm liegt ihr Säulenhaus,
Gras wächst da auf den Schwellen,
Der Wind zieht ein und aus.

Wo sind nun die Gespielen?
Diana schläft im Wald,
Neptunus ruht im kühlen
Meerschloß, das einsam hallt.

Zuweilen nur Sirenen
Noch tauchen aus dem Grund
Und tun in irren Tönen
Die tiefe Wehmut kund. –

Sie selbst muß sinnend stehen
So bleich im Frühlingsschein,
Die Augen untergehen,
Der schöne Leib wird Stein. –

Denn über Land und Wogen
Erscheint, so still und mild,
Hoch auf dem Regenbogen
Ein andres Frauenbild.

Ein Kindlein in den Armen
Die Wunderbare hält,

Und himmlisches Erbarmen
Durchdringt die ganze Welt.

Da in den lichten Räumen
Erwacht das Menschenkind
Und schüttelt böses Träumen
Von seinem Haupt geschwind.

Und, wie die Lerche singend,
Aus schwülen Zaubers Kluft
Erhebt die Seele ringend
Sich in die Morgenluft.

Alle waren still geworden über dem Liede. – »Jene Ruine«, sagte endlich Pietro, »wäre also ein ehemaliger Tempel der Venus, wenn ich Euch sonst recht verstanden?« – »Allerdings«, erwiderte Fortunato, »soviel man an der Anordnung des Ganzen und den noch übriggebliebenen Verzierungen abnehmen kann. Auch sagt man, der Geist der schönen Heidengöttin habe keine Ruhe gefunden. Aus der erschrecklichen Stille des Grabes heißt sie das Andenken an die irdische Lust jeden Frühlings immer wieder in die Einsamkeit ihres verfallenen Hauses heraufsteigen und durch teuflisches Blendwerk die alte Verführung üben an jungen sorglosen Gemütern, die dann vom Leben abgeschieden, und doch auch nicht aufgenommen in den Frieden der Toten, zwischen wilder Lust und schrecklicher Reue, an Leib und Seele verloren, umherirren und in der entsetzlichsten Täuschung sich selber verzehren. Gar häufig will man auf demselben Platze Anfechtungen von Gespenstern verspürt haben, wo sich bald eine wunderschöne Dame, bald mehrere ansehnliche Kavaliers sehen lassen und die Vorübergehenden in einen dem Auge vorgestellten erdichteten Garten und Palast führen.« – »Seid Ihr jemals droben gewesen?« fragte hier Florio rasch, aus seinen Gedanken erwachend. »Erst vorgestern abend«, entgegnete Fortunato. »Und habt Ihr nichts Erschreckliches gesehen?« – »Nichts«, sagte der Sänger, »als den stillen Weiher und die weißen rätselhaften Steine im Mondlicht umher und den weiten unendlichen Sternenhimmel darüber. Ich sang ein altes frommes Lied, eines von jenen ursprünglichen Liedern, die, wie Erinnerungen und Nachklänge aus einer andern heimatlichen Welt, durch das Paradiesgärtlein unsrer Kindheit ziehen und ein rechtes Wahrzeichen sind, an dem sich alle Poetischen später in dem älter gewordenen Leben immer wieder erkennen. Glaubt mir, ein redlicher Dichter kann viel wagen, denn die Kunst, die ohne Stolz und Frevel, bespricht und bändigt die wilden Erdengeister, die aus der Tiefe nach uns langen.«

Alle schwiegen, die Sonne ging soeben auf vor ihnen und warf ihre funkelnden Lichter über die Erde. Da schüttelte Florio sich an allen Gliedern, sprengte rasch eine Strecke den andern voraus und sang mit heller Stimme:

Hier bin ich, Herr! Gegrüßt das Licht,
Das durch die stille Schwüle
Der müden Brust gewaltig bricht
Mit seiner strengen Kühle.

Nun bin ich frei! Ich taumle noch
Und kann mich noch nicht fassen –
O Vater, Du erkennst mich doch
Und wirst nicht von mir lassen!

Es kommt nach allen heftigen Gemütsbewegungen, die unser ganzes Wesen durchschüttern, eine stillklare Heiterkeit über die Seele, gleichwie die Felder nach einem Gewitter frischer grünen und aufatmen. So fühlte sich auch Florio nun innerlichst erquickt, er blickte wieder recht mutig um sich und erwartete beruhigt die Gefährten, die langsam im Grünen nachgezogen kamen.

Der zierliche Knabe, welcher Pietro begleitete, hatte unterdes auch, wie Blumen vor den ersten Morgenstrahlen, das

Köpfchen erhoben. – Da erkannte Florio mit Erstaunen Fräulein Bianka. Er erschrak, wie sie so bleich aussah gegen jenen Abend, da er sie zum ersten Mal unter den Zelten in reizendem Mutwillen gesehen. Die Arme war mitten in ihren sorglosen Kinderspielen von der Gewalt der ersten Liebe überrascht worden. Und als dann der heißgeliebte Florio, den dunkeln Mächten folgend, so fremd wurde und sich immer weiter von ihr entfernte, bis sie ihn endlich ganz verloren geben mußte, da versank sie in eine tiefe Schwermut, deren Geheimnis sie niemand anzuvertrauen wagte. Der kluge Pietro wußte es aber wohl und hatte beschlossen, seine Nichte weit fortzuführen und sie in fremden Gegenden und in einem andern Himmelsstrich wo nicht zu heilen, doch zu zerstreuen und zu erhalten. Um ungehinderter reisen zu können und zugleich alles Vergangene gleichsam von sich abzustreifen, hatte sie Knabentracht anlegen müssen.

Mit Wohlgefallen ruhten Florios Blicke auf der lieblichen Gestalt. Eine seltsame Verblendung hatte bisher seine Augen wie mit einem Zaubernebel umfangen. Nun erstaunte er ordentlich, wie schön sie war! Er sprach vielerlei gerührt und mit tiefer Innigkeit zu ihr. Da ritt sie, ganz überrascht von dem unverhofften Glück und in freudiger Demut, als verdiene sie solche Gnade nicht, mit niedergeschlagenen Augen schweigend neben ihm her. Nur manchmal blickte sie unter den langen schwarzen Augenwimpern nach ihm hinauf, die ganze klare Seele lag in dem Blick, als wollte sie bittend sagen: ›Täusche mich nicht wieder!‹

Sie waren unterdes auf einer luftigen Höhe angelangt, hinter ihnen versank die Stadt Lucca mit ihren dunkeln Türmen in dem schimmernden Duft. Da sagte Florio, zu Bianka gewendet: »Ich bin wie neugeboren, es ist mir, als würde noch alles gut werden, seit ich Euch wiedergefunden. Ich möchte niemals wieder scheiden, wenn Ihr es vergönnt.«

Bianka blickte ihn, statt aller Antwort selber wie fragend, mit ungewisser, noch halb zurückgehaltener Freude an und sah recht wie ein heiteres Engelsbild auf dem tiefblauen

Grunde des Morgenhimmels aus. Der Morgen schien ihnen, in langen goldenen Strahlen über die Fläche schießend, gerade entgegen. Die Bäume standen hell angeglüht, unzählige Lerchen sangen schwirrend in der klaren Luft. Und so zogen die Glücklichen fröhlich durch die überglänzten Auen in das blühende Mailand hinunter.

Gedichte

ANKLÄNGE

1

Vöglein in den sonn'gen Tagen!
Lüfte blau, die mich verführen!
Könnt ich bunte Flügel rühren,
Über Berg und Wald sie schlagen!

Ach! es spricht des Frühlings Schöne,
Und die Vögel alle singen:
Sind die Farben denn nicht Töne,
Und die Töne bunte Schwingen?

Vöglein, ja, ich laß das Zagen!
Winde sanft die Segel rühren,
Und ich lasse mich entführen,
Ach! wohin? mag ich nicht fragen.

2

Ach! wie ist es doch gekommen,
Daß die ferne Waldespracht
So mein ganzes Herz genommen,
Mich um alle Ruh' gebracht!

Wenn von drüben Lieder wehen,
Waldhorn gar nicht enden will,
Weiß ich nicht, wie mir geschehen,
Und im Herzen bet ich still.

Könnt ich zu den Wäldern flüchten,
Mit dem Grün in frischer Lust
Mich zum Himmelsglanz aufrichten –
Stark und frei wär da die Brust!

Hörnerklang und Lieder kämen
Nicht so schmerzlich an mein Herz,
Fröhlich wollt ich Abschied nehmen,
Zög auf ewig wälderwärts.

Intermezzo

Wie so leichte läßt sich's leben!
Blond und rot und etwas feist,
Tue wie die andern eben,
Daß dich jeder Bruder heißt,
Speise, was die Zeiten geben,
Bis die Zeit auch dich verspeist.

3

Wenn die Klänge nahn und fliehen
In den Wogen süßer Lust,
Ach! nach tiefern Melodien
Sehnt sich einsam oft die Brust.

Wenn auf Bergen blüht die Frühe,
Wieder buntbewegt die Straßen,
Freut sich alles, wie es glühe,
Himmelwärts die Erde blühe:
Einer doch muß tief erblassen,
Goldne Träume, Sternenlust
Wollten ewig ihn nicht lassen –
Sehnt sich einsam oft die Brust.

Und aus solcher Schmerzen Schwellen,
Was so lange dürstend rang,
Will ans Licht nun rastlos quellen,

Stürzend mit den Wasserfällen,
Himmelstäubend, jubelnd, bang,
Nach der Ferne sanft zu ziehen,
Wo so himmlisch Rufen sang,
Ach! nach tiefern Melodien.

Blüten licht nun Blüten drängen,
Daß er möcht vor Glanz erblinden;
In den dunklen Zaubergängen,
Von den eigenen Gesängen
Hold gelockt, kann er nicht finden
Aus dem Labyrinth der Brust.
Alles, alles will's verkünden
In den Wogen süßer Lust.

Doch durch dieses Rauschen wieder
Hört er heimlich Stimmen ziehen
Wie ein Fall verlorner Lieder,
Und er schaut betroffen nieder:
*»Wenn die Klänge nahn und fliehen
In den Wogen süßer Lust,
Ach! nach tiefern Melodien
Sehnt sich einsam oft die Brust!«*

4

*Ewig's Träumen von den Fernen!
Endlich ist das Herz erwacht
Unter Blumen, Klang und Sternen
In der dunkelgrünen Nacht.*

Schlummernd unter blauen Wellen
Ruht der Knabe unbewußt,
Engel ziehen durch die Brust;
Oben hört er in den Wellen
Ein unendlich Wort zerrinnen,

Doch er kann sich nicht besinnen
In der dunkelgrünen Nacht.

Frühling will das Blau befreien,
Aus der Grüne, aus dem Schein
Ruft es lockend: Ewig dein –
Aus der Minne Zaubereien
Muß er sehnen sich nach Fernen,
Denkend alter Wunderpracht,
Unter Blumen, Klang und Sternen
In der dunkelgrünen Nacht.

Heil'ger Kampf nach langem Säumen,
Wenn süßschauernd an das Licht
Lieb' in dunkle Klagen bricht!
Aus der Schmerzen Sturz und Schäumen
Steigt Geliebte, Himmel, Fernen –
Endlich ist das Herz erwacht
Unter Blumen, Klang und Sternen
In der dunkelgrünen Nacht.

Und der Streit muß sich versöhnen,
Und die Wonne und den Schmerz
Muß er ewig himmelwärts
Schlagen nun in vollen Tönen:
Ewig's Träumen von den Fernen!
Endlich ist das Herz erwacht
Unter Blumen, Klang und Sternen
In der dunkelgrünen Nacht.

Frische Fahrt

Laue Luft kommt blau geflossen,
Frühling, Frühling soll es sein!
Waldwärts Hörnerklang geschossen,
Mut'ger Augen lichter Schein;
Und das Wirren bunt und bunter
Wird ein magisch wilder Fluß,
In die schöne Welt hinunter
Lockt dich dieses Stromes Gruß.

Und ich mag mich nicht bewahren!
Weit von euch treibt mich der Wind,
Auf dem Strome will ich fahren,
Von dem Glanze selig blind!
Tausend Stimmen lockend schlagen,
Hoch Aurora flammend weht,
Fahre zu! Ich mag nicht fragen,
Wo die Fahrt zu Ende geht!

Das zerbrochene Ringlein

In einem kühlen Grunde,
Da geht ein Mühlenrad,
Mein' Liebste ist verschwunden,
Die dort gewohnet hat.

Sie hat mir Treu' versprochen,
Gab mir ein'n Ring dabei,
Sie hat die Treu' gebrochen,
Mein Ringlein sprang entzwei.

Ich möcht als Spielmann reisen
Weit in die Welt hinaus
Und singen meine Weisen
Und gehn von Haus zu Haus.

Ich möcht als Reiter fliegen
Wohl in die blut'ge Schlacht,
Um stille Feuer liegen
Im Feld bei dunkler Nacht.

Hör ich das Mühlrad gehen:
Ich weiß nicht, was ich will –
Ich möcht am liebsten sterben,
Da wär's auf einmal still!

TODESLUST

Bevor er in die blaue Flut gesunken,
Träumt noch der Schwan und singet todestrunken;
Die sommermüde Erde im Verblühen
Läßt all ihr Feuer in den Trauben glühen;
Die Sonne, Funken sprühend im Versinken,
Gibt noch einmal der Erde Glut zu trinken,
Bis, Stern auf Stern, die Trunkne zu umfangen,
Die wunderbare Nacht ist aufgegangen.

Frisch auf!

Ich saß am Schreibtisch bleich und krumm,
Es war mir in meinem Kopfe ganz dumm
Vor Dichten, wie ich alle die Sachen
Sollte auf's allerbeste machen.
Da guckt am Fenster im Morgenlicht
Durch's Weinlaub ein wunderschönes Gesicht,
Guckt und lacht, kommt ganz herein
Und kramt mir unter den Blättern mein.
Ich, ganz verwundert: »Ich sollt' dich kennen« –
Sie aber, statt ihren Namen zu nennen:
»Pfui, in dem Schlafrock siehst ja aus
Wie ein verfallenes Schilderhaus!
Willst du denn hier in der Tinte sitzen,
Schau, wie die Felder da draußen blitzen!«
So drängt sie mich fort unter Lachen und Streit,
Mir tat's um die schöne Zeit nur leid.
Drunten aber unter den Bäumen
Stand ein Roß mit funkelnden Zäumen,
Sie schwang sich lustig mit mir hinauf,
Die Sonne draußen ging eben auf,
Und eh' ich mich konnte bedenken und fassen,
Ritten wir rasch durch die stillen Gassen,
Und als wir kamen vor die Stadt,
Das Roß auf einmal zwei Flügel hatt',
Mir schauerte es recht durch alle Glieder:
»Mein Gott, ist's denn schon Frühling wieder?« –
Sie aber wies mir, wie wir so zogen,
Die Länder, die unten vorüberflogen,
Und hoch über dem allerschönsten Wald
Machte sie lächelnd auf einmal Halt.
Da sah ich erschrocken zwischen den Bäumen
Meine Heimat unten wie in Träumen,

Das Schloß, den Garten und die stille Luft,
Die blauen Berge dahinter im Duft,
Und alle die schöne alte Zeit
In der wundersamen Einsamkeit.
Und als ich mich wandte, war ich allein,
Das Roß nur wiehert' in den Morgen hinein,
Mir aber war's, als wär' ich wieder jung,
Und wußte der Lieder noch genung!

Ohne Titel

Aus schweren Träumen
Fuhr ich oft auf und sah durch Tannenwipfel
Den Mond ziehn übern stillen Grund und sang
Vor Bangigkeit und schlummert wieder ein. –

Ja, Menschenstimme, hell aus frommer Brust!
Du bist doch die gewaltigste und triffst
Den rechten Grundton, der verworren anklingt
In all den tausend Stimmen der Natur! –

ABENDLANDSCHAFT

Der Hirt bläst seine Weise,
Von fern ein Schuß noch fällt,
Die Wälder rauschen leise
Und Ströme tief im Feld.

Nur hinter jenem Hügel
Noch spielt der Abendschein –
O hätt ich, hätt ich Flügel,
Zu fliegen da hinein!

Der Abend

Schweigt der Menschen laute Lust:
Rauscht die Erde wie in Träumen
Wunderbar mit allen Bäumen,
Was dem Herzen kaum bewußt,
Alte Zeiten, linde Trauer,
Und es schweifen leise Schauer
Wetterleuchtend durch die Brust.

Die Nacht

Wie schön, hier zu verträumen
Die Nacht im stillen Wald,
Wenn in den dunklen Bäumen
Das alte Märchen hallt.

Die Berg' im Mondesschimmer
Wie in Gedanken stehn,
Und durch verworrne Trümmer
Die Quellen klagend gehn.

Denn müd ging auf den Matten
Die Schönheit nun zur Ruh',
Es deckt mit kühlen Schatten
Die Nacht das Liebchen zu.

Das ist das irre Klagen
In stiller Waldespracht,
Die Nachtigallen schlagen
Von ihr die ganze Nacht.

Die Stern' gehn auf und nieder –
Wann kommst du, Morgenwind,
Und hebst die Schatten wieder
Von dem verträumten Kind?

Schon rührt sich's in den Bäumen.
Die Lerche weckt sie bald –
So will ich treu verträumen
Die Nacht im stillen Wald.

SEHNSUCHT

Es schienen so golden die Sterne,
Am Fenster ich einsam stand
Und hörte aus weiter Ferne
Ein Posthorn im stillen Land.
Das Herz mir im Leib entbrennte,
Da hab ich mir heimlich gedacht:
Ach, wer da mitreisen könnte
In der prächtigen Sommernacht!

Zwei junge Gesellen gingen
Vorüber am Bergeshang,
Ich hörte im Wandern sie singen
Die stille Gegend entlang:
Von schwindelnden Felsenschlüften,
Wo die Wälder rauschen so sacht,
Von Quellen, die von den Klüften
Sich stürzen in die Waldesnacht.

Sie sangen von Marmorbildern,
Von Gärten, die überm Gestein
In dämmernden Lauben verwildern,
Palästen im Mondenschein,
Wo die Mädchen am Fenster lauschen,
Wann der Lauten Klang erwacht
Und die Brunnen verschlafen rauschen
In der prächtigen Sommernacht.

Der frohe Wandersmann

Wem Gott will rechte Gunst erweisen,
Den schickt er in die weite Welt;
Dem will er seine Wunder weisen
In Berg und Wald und Strom und Feld.

Die Trägen, die zu Hause liegen,
Erquicket nicht das Morgenrot,
Sie wissen nur von Kinderwiegen,
Von Sorgen, Last und Not um Brot.

Die Bächlein von den Bergen springen,
Die Lerchen schwirren hoch vor Lust,
Was sollt ich nicht mit ihnen singen
Aus voller Kehl' und frischer Brust?

Den lieben Gott laß ich nur walten;
Der Bächlein, Lerchen, Wald und Feld
Und Erd und Himmel will erhalten,
Hat auch mein' Sach' aufs best' bestellt!

ABSCHIED

O Täler weit, o Höhen,
O schöner, grüner Wald,
Du meiner Lust und Wehen
Andächt'ger Aufenthalt!
Da draußen, stets betrogen,
Saust die geschäft'ge Welt,
Schlag noch einmal die Bogen
Um mich, du grünes Zelt!

Wenn es beginnt zu tagen,
Die Erde dampft und blinkt,
Die Vögel lustig schlagen,
Daß dir dein Herz erklingt:
Da mag vergehn, verwehen
Das trübe Erdenleid,
Da sollst du auferstehen
In junger Herrlichkeit!

Da steht im Wald geschrieben
Ein stilles, ernstes Wort
Von rechtem Tun und Lieben,
Und was des Menschen Hort.
Ich habe treu gelesen
Die Worte schlicht und wahr,
Und durch mein ganzes Wesen
Ward's unaussprechlich klar.

Bald werd ich dich verlassen,
Fremd in der Fremde gehn,
Auf buntbewegten Gassen
Des Lebens Schauspiel sehn;

Und mitten in dem Leben
Wird deines Ernsts Gewalt
Mich Einsamen erheben,
So wird mein Herz nicht alt.

Der Jäger Abschied

Wer hat dich, du schöner Wald,
Aufgebaut so hoch da droben?
Wohl den Meister will ich loben,
Solang noch mein' Stimm' erschallt.
Lebe wohl,
Lebe wohl, du schöner Wald!

Tief die Welt verworren schallt,
Oben einsam Rehe grasen,
Und wir ziehen fort und blasen,
Daß es tausendfach verhallt:
Lebe wohl,
Lebe wohl, du schöner Wald!

Banner, der so kühle wallt!
Unter deinen grünen Wogen
Hast du treu uns auferzogen,
Frommer Sagen Aufenthalt!
Lebe wohl,
Lebe wohl, du schöner Wald!

Was wir still gelobt im Wald,
Wollen's draußen ehrlich halten,
Ewig bleiben treu die alten:
Deutsch Panier, das rauschend wallt,
Lebe wohl,
Schirm dich Gott, du schöner Wald!

RÜCKKEHR

Mit meinem Saitenspiele,
Das schön geklungen hat,
Komm ich durch Länder viele
Zurück in diese Stadt.

Ich ziehe durch die Gassen,
So finster ist die Nacht
Und alles so verlassen,
Hatt's anders mir gedacht.

Am Brunnen steh ich lange,
Der rauscht fort wie vorher,
Kommt mancher wohl gegangen,
Es kennt mich keiner mehr.

Da hört ich geigen, pfeifen,
Die Fenster glänzten weit,
Dazwischen drehn und schleifen
Viel fremde, fröhliche Leut'.

Und Herz und Sinne mir brannten,
Mich trieb's in die weite Welt,
Es spielten die Musikanten,
Da fiel ich hin im Feld.

In der Fremde

Ich hör die Bächlein rauschen
Im Walde her und hin,
Im Walde in dem Rauschen
Ich weiß nicht, wo ich bin.

Die Nachtigallen schlagen
Hier in der Einsamkeit,
Als wollten sie was sagen
Von der alten, schönen Zeit.

Die Mondesschimmer fliegen,
Als säh ich unter mir
Das Schloß im Tale liegen,
Und ist doch so weit von hier!

Als müßte in dem Garten
Voll Rosen weiß und rot
Meine Liebste auf mich warten,
Und ist doch lange tot.

DER FRIEDENSBOTE

Schlaf ein, mein Liebchen, schlaf ein,
Leis durch die Blumen am Gitter
Säuselt des Laubes Gezitter,
Rauschen die Quellen herein;
Gesenkt auf den schneeweißen Arm,
Schlaf ein, mein Liebchen, schlaf ein,
Wie atmest du lieblich und warm!

Aus dem Kriege kommen wir heim;
In stürmischer Nacht und Regen,
Wenn ich auf der Lauer gelegen,
Wie dachte ich dorten dein!
Gott stand in der Not uns bei,
Nun droben, bei Mondenschein,
Schlaf ruhig, das Land ist ja frei!

FRÜHLINGSNACHT

Übern Garten durch die Lüfte
Hört ich Wandervögel ziehn,
Das bedeutet Frühlingsdüfte,
Unten fängt's schon an zu blühn.

Jauchzen möcht ich, möchte weinen,
Ist mir's doch, als könnt's nicht sein!
Alte Wunder wieder scheinen
Mit dem Mondesglanz herein.

Und der Mond, die Sterne sagen's,
Und in Träumen rauscht's der Hain,
Und die Nachtigallen schlagen's:
Sie ist Deine, sie ist dein!

RÜCKBLICK

Ich wollt im Walde dichten
Ein Heldenlied voll Pracht,
Verwickelte Geschichten,
Recht sinnreich ausgedacht.
Da rauschten Bäume, sprangen
Vom Fels die Bäche drein,
Und tausend Stimmen klangen
Verwirrend aus und ein.
Und manches Jauchzen schallen
Ließ ich aus frischer Brust,
Doch aus den Helden allen
Ward nichts vor tiefer Lust.

Kehr ich zur Stadt erst wieder
Aus Feld und Wäldern kühl,
Da kommen all die Lieder
Von fern durchs Weltgewühl,
Es hallen Lust und Schmerzen
Noch einmal leise nach,
Und bildend wird im Herzen
Die alte Wehmut wach,
Der Winter auch derweile
Im Feld die Blumen bricht,
Dann gibt's vor Langerweile
Ein überlang Gedicht!

UMKEHR

Leben kann man nicht von Tönen,
Poesie geht ohne Schuh,
Und so wandt ich denn der Schönen
Endlich auch den Rücken zu.

Lange durch die Welt getrieben
Hat mich nun die irre Hast,
Immer doch bin ich geblieben
Nur ein ungeschickter Gast.

Überall zu spät zum Schmause
Kam ich, wenn die Andern voll,
Trank die Neigen vor dem Hause,
Wußt nicht, wem ich's trinken soll.

Mußt mich vor Fortuna bücken
Ehrfurchtsvoll bis auf die Zeh'n,
Vornehm wandt sie mir den Rücken,
Ließ mich so gebogen stehn.

Und als ich mich aufgerichtet
Wieder frisch und frei und stolz,
Sah ich Berg' und Tal gelichtet,
Blühen jedes dürre Holz.

Welt hat eine plumpe Pfote,
Wandern kann man ohne Schuh –
Deck mit deinem Morgenrote
Wieder nur den Wandrer zu!

AN MEINEN BRUDER

Gedenkst du noch des Gartens
Und Schlosses überm Wald,
Des träumenden Erwartens:
Ob's denn nicht Frühling bald?

Der Spielmann war gekommen,
Der jeden Lenz singt aus,
Er hat uns mitgenommen
Ins blühnde Land hinaus.

Wie sind wir doch im Wandern
Seitdem so weit zerstreut!
Frägt einer nach dem andern,
Doch niemand gibt Bescheid.

Nun steht das Schloß versunken
Im Abendrote tief,
Als ob dort traumestrunken
Der alte Spielmann schlief'.

Gestorben sind die Lieben,
Das ist schon lange her,
Die wen'gen, die geblieben,
Sie kennen uns nicht mehr.

Und fremde Leute gehen
Im Garten vor dem Haus –
Doch übern Garten sehen
Nach *uns* die Wipfel aus.

Doch rauscht der Wald im Grunde
Fort durch die Einsamkeit
Und gibt noch immer Kunde
Von unsrer Jugendzeit.

Bald mächt'ger und bald leise
In jeder guten Stund'
Geht diese Waldesweise
Mir durch der Seele Grund.

Und stamml' ich auch nur bange,
Ich sing es, weil ich muß,
Du hörst doch in dem Klange
Den alten Heimatsgruß.

Im Alter

Wie wird nun alles so stille wieder!
So war mir's oft in der Kinderzeit,
Die Bäche gehen rauschend nieder
Durch die dämmernde Einsamkeit,
Kaum noch hört man einen Hirten singen,
Aus allen Dörfern, Schluchten weit
Die Abendglocken herüberklingen,
Versunken nun mit Lust und Leid
Die Täler, die noch einmal blitzen,
Nur hinter dem stillen Walde weit
Noch Abendröte an den Bergesspitzen
Wie Morgenrot der Ewigkeit.

Ohne Titel

Waldeinsamkeit!
Du grünes Revier,
Wie liegt so weit
Die Welt von hier!
Schlaf nur, wie bald
Kommt der Abend schön,
Durch den stillen Wald
Die Quellen gehn,
Die Mutter Gottes wacht,
Mit ihrem Sternenkleid
Bedeckt sie dich sacht
In der Waldeinsamkeit,
Gute Nacht, gute Nacht!

ZWIELICHT

Dämmrung will die Flügel spreiten,
Schaurig rühren sich die Bäume,
Wolken ziehn wie schwere Träume –
Was will dieses Graun bedeuten?

Hast ein Reh du lieb vor andern,
Laß es nicht alleine grasen,
Jäger ziehn im Wald und blasen,
Stimmen hin und wieder wandern.

Hast du einen Freund hienieden,
Trau ihm nicht zu dieser Stunde,
Freundlich wohl mit Aug' und Munde,
Sinnt er Krieg im tück'schen Frieden.

Was heut müde gehet unter,
Hebt sich morgen neugeboren.
Manches bleibt in Nacht verloren –
Hüte dich, bleib wach und munter!

Mondnacht

Es war, als hätt der Himmel
Die Erde still geküßt,
Daß sie im Blütenschimmer
Von ihm nun träumen müßt.

Die Luft ging durch die Felder,
Die Ähren wogten sacht,
Es rauschten leis die Wälder,
So sternklar war die Nacht.

Und meine Seele spannte
Weit ihre Flügel aus,
Flog durch die stillen Lande,
Als flöge sie nach Haus.

WÜNSCHELRUTE

Schläft ein Lied in allen Dingen,
Die da träumen fort und fort,
Und die Welt hebt an zu singen,
Triffst du nur das Zauberwort.

Eine Meerfahrt

Es war im Jahre 1540, als das valencische Schiff »Fortuna« die Linie passierte und nun in den Atlantischen Ozean hinausstach, der damals noch einem fabelhaften Wunderreiche glich, hinter dem Kolumbus kaum erst die blauen Bergesspitzen einer neuen Welt gezogen hatte. Das Schiff hatte eben nicht das beste Aussehen, der Wind pfiff wie zum Spott durch die Löcher in den Segeln, aber die Mannschaft, lumpig, tapfer und allezeit vergnügt, fragte wenig darnach, sie fuhren immerzu und wollten mit Gewalt neue Länder entdecken. Nur der Schiffshauptmann Alvarez stand heute nachdenklich an den Mast gelehnt, denn eine rasche Strömung trieb sie unaufhaltsam ins Ungewisse von Amerika ab, wohin er wollte. Von der Spitze des Verdecks aber schaute der fröhliche Don Antonio tief aufatmend in das fremde Meer hinaus, ein armer Student aus Salamanca, der von der Schule neugierig mitgefahren war, um die Welt zu sehen. Dabei hatte er heimlich noch die Absicht und Hoffnung, von seinem Oheim Don Diego Kunde zu erhalten, der vor vielen Jahren auf einer Seereise verschollen war und von dessen Schönheit und Tapferkeit er als Kind so viel erzählen gehört, daß es noch immer wie ein Märchen in seiner Seele nachhallte. – Ein frischer Wind griff unterdes rüstig in die geflickten Segel, die künstlich geschnitzte bunte Glücksgöttin am Vorderteil des Schiffes glitt heiter über die Wogen, den wandelbaren Tanzboden »Fortunas«. Und so segelten die kühnen Gesellen wohlgemut in die unbekannte Ferne hinaus, aus der ihnen seltsame Abenteuer, zackiges Gebirge und stille blühende Inseln wie im Traume allmählich entgegendämmerten. Schon zwei Tage waren sie in derselben Richtung fortgesegelt, ohne ein Land zu erblicken, als sie unerwartet in den Zauberbann einer Windstille gerieten, die das Schiff fast eine Woche lang mit unsichtbarem Anker festhielt. Das war eine entsetzliche Zeit. Der hagere gelbe Alvarez saß unbeweglich auf seinem ledernen Armstuhle und warf kurze scharfe Blicke in alle Winkel, ob ihm nicht jemand guten Grund zu ordentlichem Zorne geben wollte, die Schiffsleute zankten um nichts vor Langeweile, dann wurde oft alles auf einmal wieder so still, daß man die Ratten im untern Raum schaben hörte. Antonio hielt es endlich nicht länger aus und eilte auf das Verdeck, um nur frische Luft zu schöpfen. Dort hingen die Segel und Taue schlaff an den Masten, ein Matrose mit offener brauner Brust lag auf dem Rücken und sang ein valencianisches Lied, bis auch er einschlief. Antonio aber blickte in das Meer, es war so klar, daß man bis auf den Grund sehen konnte, das Schiff hing in der Öde wie ein dunkler Raubvogel über den unbekannten Abgründen, ihm schwindelte zum ersten Mal vor dem Unternehmen, in das er sich so leicht gestürzt. Da gedachte er der fernen schattigen Heimat, wie er dort als Kind an solchen schönen Sommertagen mit seinen Verwandten oft vor dem hohen Schloß im Garten gesessen, wo sie nach den Segeln fern am Horizonte aussahen, ob nicht Diegos Schiff unter ihnen. Aber die Segel zogen wie stumme Schwäne vorüber, die Wartenden droben wurden alt und starben, und Diego kam nicht wieder, kein Schiffer brachte jemals Kunde von ihm. – Das Angedenken an diese stille Zeit wollte ihm das Herz abdrücken, er lehnte sich an den Bord und sang für sich:

»Ich seh' von des Schiffes Rande
Tief in die Flut hinein:
Gebirge und grüne Lande,
Der alte Garten mein,
Die Heimat im Meeresgrunde,
Wie ich's oft im Traum mir gedacht,
Das dämmert alles da drunten
Als wie eine prächtige Nacht.

Die zackigen Türme ragen,
Der Türmer, er grüßt mich nicht,
Die Glocken nur hör' ich schlagen
Vom Schloß durch das Mondenlicht,
Und den Strom und die Wälder rauschen
Verworren vom Grunde her,
Die Wellen vernehmen's und lauschen
So still übers ganze Meer.

Don Diego auf seiner Warte
Sitzet da unten tief,
Als ob er mit langem Barte
Über seiner Harfe schlief.
Da kommen und gehn die Schiffe
Darüber, er merkt es kaum,
Von seinem Korallenriffe
Grüßt er sie wie im Traum.«

Und wie er noch so sann, kräuselte auf einmal ein leiser Hauch das Meer immer weiter und tiefer, die Segel schwellten allmählich, das Schiff knarrte und reckte sich wie aus dem

Schlaf, und aus allen Luken stiegen plötzlich wilde gebräunte Gestalten empor, da sie die neue Bewegung spürten, sie wollten sich lieber mit dem ärgsten Sturme herumzausen, als länger so lebendig begraben liegen. Auf einmal schrie es »Land!« vom Mastkorbe, »Land, Land!« Antonio kletterte in seinem buntseidenen Wams wie ein Papagei auf der schwankenden Strickleiter den Hauptmast hinan, er wollte das Land zuerst begrüßen. Alvarez eilte nach seiner Karte, da war aber alles leer auf der Stelle, wo sie soeben sich befinden mußten. »Baccalaureus, Herzensjunge!« schrie er herauf, »schaff mir einen schwarzen Punkt auf die Karte hier, ich mach dich zum Doktor drin, was siehst du?« – »Ein blauer Berg taucht auf«, rief Antonio hinab, »jetzt wieder einer – ich glaub', es sind Wolken, es dehnt sich und steigt im Nebel wie Turmspitzen. – Nein, jetzt unterscheide ich Gipfel, o wie das schön ist! und helle Streifen dazwischen in der Abendsonne, unten dunkelt's schon grün, die Gipfel brennen wie Gold.« – »Gold?« rief der Hauptmann und hatte sein altes Perspektiv genommen, er zielte und zog es immer länger und länger, er schwor, es sei das reiche Indien, das unbekannte große Südland, das damals alle Abenteurer suchten.

In diesem Augenblicke aber waren plötzlich alle Gesichter erbleichend in die Höh gerichtet: Ein dunkler Geier von riesenhafter Größe hing mit weit ausgespreizten Flügeln gerade über dem Schiff, als könnt' er die Beute von Galgenvögeln nicht erwarten. Bei dem Anblick ging ein Gemurmel, erst leise, dann immer lauter, durch das ganze Schiff, alle hielten es für ein Unglückszeichen. Endlich brach das Schiffsvolk los, sie wollten nicht weiter und drangen ungestüm in den Hauptmann, von dem verhängnisvollen Eiland wieder abzulenken. Da zog Alvarez heftig seinen funkelnden Ring vom Finger, lud ihn schweigend in seine Muskete und schoß nach dem Vogel. Dieser, tödlich getroffen, wie es schien, fuhr pfeilschnell durch die Lüfte, dann sah man ihn taumelnd immer tiefer nach dem Lande hin in der Abendglut verschwinden. »Meld dem Land, daß sein Herr kommt«, sagte Alvarez nachschauend, auf seine Muskete gestützt, »und wer mir den Ring wiederbringt, soll Statthalter des Reichs sein!« – »Hat sich was wiederzubringen«, brummte einer, »der Ring war nur von böhmischen Steinen.«

Indem aber fing die Luft schon zu dunkeln an, man beschloß daher, den folgenden Tag abzuwarten, bevor man sich der unbekannten Küste näherte. Die Segel wurden eiligst eingezogen, die Anker geworfen und auf Bord und Masten Wachen ausgestellt. Aber keiner konnte schlafen vor Erwartung und Freude, die Matrosen lagen in der warmen Sommernacht plaudernd auf dem Verdecke umher, Alvarez, Antonio und die Offiziere saßen zusammen vorn auf »Fortunas« Schopfe, unter ihnen schlugen die Wellen leise ans Schiff, während fern am Horizont die Nacht sich mit Wetterleuchten kühlte. Der vielgereiste Alvarez erzählte vergnügt von seinen frühern Fahrten, von ganz smaragdenen Felsenküsten, an denen er einmal gescheitert, von prächtigen Vögeln, die wie Menschen sängen und die Seeleute tief in die Wälder verlockten, von wilden Prinzessinnen auf goldenen Wagen, die von Pfauen gezogen würden. – »Wer da!« rief da auf einmal eine Wache an, alles sprang rasch hinzu. »Wer da, oder ich schieße!« schrie der Posten von neuem. Da aber alles stille blieb, ließ er langsam seine Muskete wieder sinken und sagte nun aus, es sei ihm schon lange gewesen, als hörte er in der See flüstern, immer näher, bald da, bald dort, dann habe plötzlich die Flut ganz in der Nähe aufgerauscht. Alle lauschten neugierig hinaus, sie konnten aber nichts entdecken, nur einmal war's ihnen selber, als hörten sie Ruderschlag von ferne. – Unterdes aber war der Mond aufgegangen, und sie bemerkten nun, daß sie dem Lande näher waren, als sie geglaubt hatten. Dunkle Wolken flogen wechselnd darüber, der Mond beleuchtete verstohlen ein Stück wunderbares Gebirge mit Zacken und jähen Klüften, immer höher stieg eine Reihe Gipfel hinter der andern empor, der Wind kam vom Lande, sie hörten drüben einen Vogel melancholisch singen und ein tiefes Rauschen dazwischen, sie wußten nicht, ob es die Wälder waren oder die Brandung. So starrten sie lange schweigend in die dunkle Nacht, als auf einmal einer den andern flüsternd anstieß. »Sirenen!« hieß es da plötzlich von Mund zu Munde, »seht da, ein ganzes Nest von Sirenen!« – und in der Ferne glaubten sie wirklich schlanke weibliche Gestalten in der schimmernden Flut spielend eintauchen und wieder verschwinden zu sehen. »Die erwisch' ich«, rief Alvarez, der sich indes rasch mit Degen, Muskete und Pistolen schon bis an die Zähne bewaffnet hatte und eiligst auf der Schiffsleiter in das kleine Boot hinabstieg. Antonio folgte fast unwillkürlich. – »Gott schütz', der Hauptmann wird verliebt, bindet ihn!« riefen da mehrere Stimmen verworren durcheinander. Alle wollten nun die tolle Abfahrt hindern, da sie aber das Boot festhielten, zerhieb Alvarez zornig mit seinem Schwerte das Tau, und die beiden Abenteurer ruderten allein in den Mondglanz hinaus. Die zurückkehrende Flut trieb sie unmerklich immer weiter dem Lande zu, ein erquickender Duft von unbekannten Kräutern und Blüten wehte ihnen von der Küste entgegen, so fuhren sie dahin. Auf einmal aber bedeckte eine schwere Wolke den Mond, und als er endlich wieder hervortrat, war See und Ufer still und leer, als hätte der fliegende Wolkenschatten alles abgefegt. Betroffen blickten sie umher, da hatten sie zu ihrem Schrecken hinter einer Landzunge nun auch ihr Schiff aus dem Gesicht verloren. Die wachsende Flut riß sie unaufhaltsam nach dem Strande, das Ufer, wie sie so pfeilschnell dahinflogen, wechselte grauenhaft im verwirrenden Mondlicht, auf einsamem Vorsprunge aber saß es wie ein Riese in weiten grauen Gewändern, der über dem Rauschen des Meeres und der Wälder eingeschlafen. »Diego!« sagte Antonio halb für sich. – Alvarez aber, in Zorn und Angst, feuerte wütend sein Pistol nach der grauen Gestalt ab. In demselben Augenblick stieß das Boot so hart auf den Grund, daß der weiße Gischt der Brandung hoch über ihnen zusammenschlug. Alvarez schwang sich kühn auf einen Uferfels, den erschrockenen Antonio gewaltsam mit sich emporreißend, hinter ihnen zerschellte das Boot in tausend Trümmer. Aber so zerschlagen und ganz durchnäßt, wie er war, kletterte der Hauptmann eilig weiter hinan, und auf dem ersten Gipfel zog er sogleich seinen Degen, stieß ihn in den Boden und nahm feierlich Besitz von diesem Lande mit allen seinen Buchten, Vorgebirgen und etwa dazugehörigen Inseln. »Amen!« sagte Antonio, sich das Wasser von den Kleidern schüttelnd, »nun aber wollt' ich, wir wären mit Ehren wieder von dieser fürstlichen Höhe hinunter, ich gebe Euch keinen Pfeffersack für Euer ganzes zukünftiges Königreich.« – »Zukünftiges?« erwiderte Alvarez, »das ist mir just das Liebste dran. Mit Kron und Szepter auf dem Throne sitzen, Audienz geben, mit den Gesandten parlieren: ›Was macht unser Herr Vetter von England?‹ usw. Langweiliges Zeug! Da lob' ich mir einen Regenbogen, zweifelhafte Türme von Städten, die ich noch nicht sehe, blaues Gebirge im Morgenschein, es ist, als rittst du in den Himmel hinein; kommst du erst hin, ist's langweilig. Um ein Liebchen werben ist charmant; heiraten: wiederum langweilig! Hoffnung ist meine Lust, was ich liebe, muß fern liegen wie das Himmelreich.

> Soll Fortuna mir behagen,
> Will ich über Strom und Feld
> Wie ein schlankes Reh sie jagen
> Lustig, bis ans End' der Welt!«

Eigentlich aber sang er mit seiner heisern Stimme nur, um sich selber die Grillen zu versingen, denn ihre Lage war übel genug. Zu den Ihrigen wieder zurückzufinden, konnten sie nicht hoffen, ohne sich ihnen durch Signale kundzugeben; Feuer anzünden aber, schießen oder sonstigen Lärm machen wollten sie nicht, um das wilde Gesindel nicht gegen sich aufzustören, das vielleicht in den umherliegenden Klüften nistete. Da beschlossen sie endlich, einen der höheren Berggipfel zu besteigen, dort wollten sie sich erst umsehen und im schlimmsten Falle den Morgen abwarten. Als sie nun aber in solchen Gedanken immer tiefer in das Gebirge hineingingen, kam ihnen nach und nach alles gar seltsam vor. Der Mondschein beleuchtete wunderlich Wälder, Berge und Klüften, zuweilen hörten sie Quellen aufrauschen, dann wieder tiefe weite Täler, wo hohe Blumen und Palmen wie in Träumen standen. Fremde Rehe grasten auf einem einsamen Bergeshange, die reckten scheu die langen schlanken Hälse empor, dann flogen sie pfeilschnell durch die Nacht, daß es noch weit zwischen den stillen Felswänden donnerte.

Jetzt glaubte Antonio in der Ferne ein Feuer zu bemerken. Alvarez sagte: wo in diesen Ländern eine reiche Goldader durchs Gebirge ginge, da gebe es oft solchen Schein in stillen Nächten. Sie verdoppelten daher ihre Schritte, leis und vorsichtig ging es über mondbeglänzte Heiden, das Licht wurde immer breiter und breiter, schon sahen sie den Widerschein jenseits an den Klippen des gegenüberstehenden Berges spielen. Auf einmal standen sie vor einem jähen Abhange und blickten erstaunt in ein tiefes, rings von Felsen eingeschlossenes Tal hinab; kein Pfad schien zwischen den starren Zacken hinabzuführen, die Felswände waren an manchen Stellen wunderbar zerklüftet, aus einer dieser Klüfte drang der trübe Schein hervor, den sie von weitem bemerkt hatten. Zu ihrem Entsetzen sahen sie dort einen wilden Haufen dunkler Männer, Windlichter in den Händen, abgemessen und lautlos im Kreise herumtanzen, während sie manchmal dazwischen bald mit ihren Schilden, bald mit den Fackeln zusammenschlugen, daß die sprühenden Funken sie wie ein Feuerregen umgaben. Inmitten dieses Kreises aber, auf einem Moosbette, lag eine junge schlanke Frauengestalt, den schönen Leib ganz bedeckt von ihren langen Locken, und Arme, Haupt und Brust mit funkelnden Spangen und wilden Blumen geschmückt, als ob sie schliefe, und sooft die Männer ihre Fackeln schüttelten, konnten sie deutlich das schöne Gesicht der Schlummernden erkennen.

»Es ist Walpurgis heut«, flüsterte Alvarez nach einer

kleinen Pause, »da sind die geheimen Fenster der Erde erleuchtet, daß man bis ins Zentrum schauen kann.« – Aber Antonio hörte nicht, er starrte ganz versunken und unverwandt nach dem schönen Weibe hinab. »Vermaledeiter Hexensabbat ist's«, sagte der Hauptmann wieder, »Frau Venus ist's! in dieser Nacht alljährlich opfern sie ihr heimlich, *ein* Blick von ihr, wenn sie erwacht, macht wahnsinnig.« – Antonio, so verwirrt er von dem Anblick war, ärgerte doch die Unwissenheit des Hauptmanns. »Was wollt Ihr?« entgegnete er leise, »die Frau Venus hat ja niemals auf Erden wirklich gelebt, sie war immer nur so ein Symbolum der heidnischen Liebe, gleichsam ein Luftgebild', eine Schimäre. Horatius sagt von ihr: ›Mater saeva cupidinum.‹« – »Sprecht nicht lateinisch hier, das ist just ihre Muttersprache!« unterbrach ihn Alvarez heftig und riß den Studenten vom Abgrunde durch Hecken und Dornen mit sich fort. »Der Teufel«, sagte er, als sie schon eine Strecke fortgelaufen waren, »der Teufel – wollt' sagen: der – nun, Ihr wißt schon, man darf ihn heut nicht beim Namen nennen – der hat für jeden seine besondern Finten, unsereins faßt er geradezu beim Schopf, eh' man sich's versieht, euch Gelehrte nimmt er säuberlich zwischen zwei Finger wie eine Prise Tabak.«

Unter diesem Diskurs stolperten sie, von Schweiß triefend, im Dunkeln über Stock und Stein, einmal kam's ihnen vor, als flöge eine Mädchengestalt über die Heide, aber der Hauptmann drückte fest die Ohren an. So waren sie in größter Eile, ohne es selbst zu bemerken, nach und nach schon wieder tief ins Tal hinabgekommen, als ihnen plötzlich ein: »Halt, wer da!« entgegenschallte. Da war es ihnen doch nicht anders, als ob sie eine Engelsposaune vom Himmel anbliese! – »He, Landsmann, Kameraden, Hollahoh!« schrie Alvarez aus vollem Halse; sie traten aus dem Wald und sahen nun die Schiffsmannschaft auf einer Wiese am Meere um Feldfeuer gelagert, die warfen so lustige Scheine über die Gestalten mit den wilden Bärten, breit aufgekrempten

Hüten und langen Flinten, daß Antonio recht das Herz im Leibe lachte.

Alvarez aber, noch ganz verstört von der verworrenen Nacht, trat sogleich mitten unter die Überraschten und erzählte, wie sie eben aus dem Venusberge kämen und die Frau Venus auf diamantenem Throne gesehen hätten, was sie da erlebt, wollt' er keinem wünschen, denn er müßte gleich toll werden darüber. – »Kerl, warum senkst du die Hellebarde nicht, wenn dein Hauptmann vor dir steht?« fuhr er dazwischen die Schildwache an, die sich neugierig ebenfalls genähert hatte. Der Soldat aber schüttelte den Kopf, als kennte er ihn nicht mehr. Da trat der Schiffslieutenant Sanchez keck aus dem Gedränge hervor, er trug das Hauptmannszeichen an seinem Hut. Es sei hier alles in guter Ordnung, sagte er zu Alvarez, er habe sie verlassen in der Not und Fremde, auch hätten sie sein Boot zertrümmert gefunden, da habe die Mannschaft nach Seegebrauch einen neuen Anführer gewählt, er sei jetzt der Hauptmann! – »Was«, schrie Alvarez, »Hauptmann geworden, wie man einen Handschuh umdreht, wie ein Pilz über Nacht?« – Der schlaue Sanchez aber lächelte sonderbar. »Über Nacht?« sagte er, »könnt Ihr etwa im Venusberg wissen, was es an der Zeit ist? Oho, wie lange denkt Ihr denn, daß Ihr fort gewesen, nun?« – Alvarez war ganz betreten, die furchtbare Sage vom Venusberg fiel ihm jetzt erst recht aufs Herz, er traute sich selber nicht mehr. – »Wißt Ihr denn nicht«, sagte Sanchez, ihm immer dreister unter das Gesicht tretend, »wißt Ihr nicht, daß mancher als schlanker Jüngling in den Venusberg gegangen ist und als alter Greis mit grauem Barte zurückgekommen, und meint doch, er sei nur ein Stündlein oder vier zu Biere gewesen, und keiner im Dorfe kannte ihn mehr, und –« Wie er aber dem Alvarez so nahe trat, gab ihm dieser auf einmal eine so derbe Ohrfeige, daß der Hauptmannshut vom Kopfe fiel, denn er hatte sich unterdes rund umgesehen und wohl bemerkt, daß die andern kaum um ein paar Stunden älter geworden, seitdem er sie verlassen. Sanchez griff wütend nach seinem

Degen, Alvarez auch, die andern drängten sich wild heran, einige wollten dem alten Hauptmann, andere dem neuen helfen. Da sprang Antonio mitten in den dichtesten Haufen, die Streitenden teilend. »Seid ihr Christen?« rief er, »blickt um euch her, auf was habt ihr eure Sach' gestellt, daß ihr so übermütig seid? Diese alten starren Felsen, die nur mit den Wolken verkehren, fragen nichts nach euch und werden sich eurer nimmermehr erbarmen. Oder baut ihr auf die Nußschale, die da draußen auf den Wellen schwankt? Der Herr allein tut's! Er hat uns mit seinen himmlischen Sternen durch die Einsamkeit der Nächte nach einer fremden Welt herübergeleuchtet und geht nun im stillen Morgengrauen über die Felsen und Wogen, daß es wie Morgenglocken fern durch die Lüfte klingt, wer weiß, welchen von uns sie abrufen – und anstatt niederzusinken im Gebet, laßt ihr eure blutdürstigen Leidenschaften wie Hunde gegeneinander los, daß wir alle davon zerrissen werden.« – »Er hat recht!« sagte Alvarez, seinen Degen in die Scheide stoßend. Sanchez traute dem Alvarez nicht, doch hätte er auffahren mögen vor Ärger und wußte nicht, an wem er ihn auslassen sollte. »Ihr seid ein tapferer Ritter Rhetorio«, sagte er, »habt Ihr noch mehr so schöne Sermone im Halse?« – »Ja, um jeden frechen Narren damit zu Grabe zu sprechen«, entgegnete Antonio. – »Oho«, rief Sanchez, »so müßt Ihr Feldpater werden, ich will Euch die Tonsur scheren, mein Degen ist just heute haarscharf.« Da fuhr Alvarez auf: wer dem Antonio ans Leder wolle, müsse erst durch seinen eigenen Koller hindurch. Aber Antonio hatte schon seinen Degen gezogen, trat mit zierlichem Anstande vor und sagte zum Lieutenant, daß sie die Sache als Edelleute abmachen wollten. Alvarez und mehrere andere begleiteten nun die beiden weiterhin bis zum Saume des Waldes, die Schwerter wurden geprüft und der Kampfplatz mit feierlichem Ernst umschritten. Die Palmen streckten ihre langen Blätter und Fächer verwundert über die fremden Gesellen hinaus. Gar bald aber blitzte der Mond in den blanken Waffen, denn Sanchez griff sogleich an und verschwor sich im Fechten, Antonio solle seinen Degen hinunterschlucken bis an den Griff. Der Student aber wußte schöne gute Hiebe und Finten von der Schule zu Salamanca her, parierte künstlich, maß und stach und versetzte dem Prahlhans, ehe er sich's versah, einen Streich über den rechten Arm, daß ihm der Degen auf die Erde klirrte. Nun faßte Sanchez das Schwert mit der Linken und stürzte in blinder Wut von neuem auf seinen Gegner; er hätte sich selbst Antonios' Degenspitze in den Leib gerannt, aber die andern unterliefen ihn schnell und warfen ihn rücklings zu Boden, denn jetzt erst bemerkten sie, daß er schwer betrunken war. In der Hitze des Kampfes hatte er völlig die Besinnung verloren, sie mußten ihn an die Lagerfeuer zurücktragen, wo sie nun seine Wunde verbanden. Da hielt er sich für tot und fing sich selber ein Grablied zu singen an, aber es wollte nicht stimmen, er sah ganz unkenntlich aus, bis er endlich umsank und fest einschlief. – »Das ist gut, er hat die Rebellion mit seinem Blut wieder abgewaschen«, sagte Alvarez vergnügt, denn alle waren dem Lieutenant gewogen, weil er Not und Lust brüderlich mit seinen Kameraden teilte und in der Gefahr allezeit der erste war.

Unterdes aber hatte die Schiffsmannschaft eilig bunte Zelte aufgeschlagen und plauderte und schmauste vergnügt. Antonio mußte auf viele Gesundheiten fleißig Bescheid tun, sie erklärten ihn alle für einen tüchtigen Kerl. Dazwischen schwirrte eine Zither vom letzten Zelte, der Schiffskoch spielte den Fandango, während einige Soldaten auf dem Rasen dazu tanzten. Von Zeit zu Zeit aber rief Alvarez den Schildwachen zu, auf ihrer Hut zu sein, denn weit in der Nacht hörte man zuweilen ein seltsames Rufen im fernen Gebirge. Nach einer Stunde etwa erwachte der Lieutenant plötzlich und sah verwirrt bald seinen Arm an, bald in der fremden Runde umher, aber er verwunderte sich nicht lange, denn dergleichen war ihm oft begegnet. Vom Meere wehte nun schon die Morgenluft erfrischend herüber, ihn schauerte innerlich, da faßte er einen Becher mit Wein und tat einen guten Zug; dann sang er, noch halb im Taumel, und die andern stimmten fröhlich mit ein:

»Ade, mein Schatz, du mocht'st mich nicht,
Ich war dir zu geringe,
Und wenn mein Schiff in Stücken bricht,
Hörst du ein süßes Klingen,
Ein Meerweib singt, die Nacht ist lau,
Die stillen Wolken wandern,
Da denk an mich, 's ist meine Frau,
Nun such dir einen andern.

Ade, ihr Landsknecht', Musketier'!
Wir ziehn auf wildem Rosse,
Das bäumt und überschlägt sich schier
Vor manchem Felsenschlosse,
Lindwürmer links bei Blitzesschein,
Der Wassermann zur Rechten,
Der Haifisch schnappt, die Möwen schrein –
Das ist ein lustig Fechten!

Streckt nur auf eurer Bärenhaut
Daheim die faulen Glieder,
Gott Vater aus dem Fenster schaut,
Schickt seine Sündflut wieder.
Feldwebel, Reiter, Musketier,
Sie müssen all' ersaufen,
Derweil auf der ›Fortuna‹ wir,
Im Paradies einlaufen.«

Hier wurden sie auf einmal alle still, denn zwischen den Morgenlichtern über der schönen Einsamkeit erschien plötzlich auf einem Felsen ein hoher Mann, seltsam in weite bunte Gewande gehüllt. Als er in der Ferne das Schiff erblickte, tat er einen durchdringenden Schrei, dann, beide Arme hoch in die Lüfte geschwungen, stürzte er durch das Dickicht herab und warf sich unten auf seine Knie auf den Boden, die Erde inbrünstig küssend. Nach einigen Minuten aber erhob er sich langsam und überschaute verwirrt den Kreis der Reisenden, die sich neugierig um ihn versammelt hatten, es war ein Greis von fast grauenhaftem verwilderten Ansehn. Wie erschraken sie aber, als er sie auf einmal spanisch anredete, wie einer, der die Sprache lange nicht geredet und fast vergessen hatte. »Ihr habt euch«, sagte er, »alle sehr verändert in der einen langen Nacht, daß wir uns nicht gesehen.« Darauf nannte er mehrere unter ihnen mit fremden Namen und erkundigte sich nach Personen, die ihnen gänzlich unbekannt waren.

Die Umstehenden bemerkten jetzt mit Erstaunen, daß sein Gewand aus europäischen Zeugen bunt zusammengeflickt war, um die Schultern hatte er phantastisch einen köstlichen halbverblichenen Teppich wie einen Mantel geworfen. Sie fragten ihn, wer er sei und wie er hierher gekommen? Darüber schien der Unbekannte in ein tiefes Nachsinnen zu versinken. »In Valencia«, sagte er endlich halb für sich leise und immer leiser sprechend, »in Valencia zwischen den Gärten, die nach dem Meere sich senken, da wohnt ein armes schönes Mädchen, und wenn es Abend wird, öffnet sie das kleine Fenster und begießt ihre Blumen, da sang ich manche Nacht vor ihrer Tür. Wenn ihr sie wiederseht, sagt ihr – daß ich – sagt ihr –« Hier stockte er, starr vor sich hinsehend, und stand wie im Traume. Alvarez entgegnete: Das Mädchen, wenn sie etwa seine Liebste gewesen, müsse nun schon hübsch alt oder längst gestorben sein. – Da sah ihn der Fremde plötzlich mit funkelnden Augen an. »Das lügt Ihr«, rief er, »sie ist nicht tot, sie ist nicht alt!« – »Wer lügt?« entgegnete Alvarez ganz hitzig. – »Elender«, erwiderte der Alte, »sie schläft nur jetzt, bei stiller Nacht erwacht sie oft und spricht mit mir. Ich dürfte nur ein einz'ges Wort ins Ohr ihr sagen und ihr seid verloren, alle verloren.« – »Was will der Prahlhans?« fuhr Alvarez von neuem auf.

Sie wären gewiß hart aneinandergeraten, aber der Unbekannte hatte sich schon in die Klüfte zurückgewandt. Vergeblich setzten ihm die Kühnsten nach, er kletterte wie ein Tiger, sie mußten vor den entsetzlichen Abgründen still stehen; nur einmal noch sahen sie seine Gewänder durch die Wildnis fliegen, dann verschlang ihn die Öde.

»Wunderbar«, sagte Antonio, ihm in Gedanken nachsehend, »es ist, als wäre er in dieser Einsamkeit in seiner Jugend eingeschlummert, den Wechsel der Jahre verschlafend, und spräch' nun irre aus der alten Zeit.« – Hier wurden sie von einigen Schiffssoldaten unterbrochen, die währenddes einen Berggipfel erstiegen hatten und nun ihren Kameraden unten unablässig zuriefen und winkten. Alles kletterte eilfertig hinauf, auch Alvarez und Antonio folgten, und bald hörte man droben ein großes Freudengeschrei und sah Hüte, Degenkoppeln und leere Flaschen durcheinander in die Luft fliegen. Denn von dem vorspringenden Berge sahen sie auf einmal in ein weites gesegnetes Tal wie in einen unermeßlichen Frühling hinein. Blühende Wälder rauschten herauf, unter Kokospalmen standen Hütten auf luftigen Auen, von glitzernden Bächen durchschlängelt, fremde bunte Vögel zogen darüber wie abgewehte Blütenflocken. »Vivat der Herr Vizekönig Don Alvarez!« rief die Schiffsmannschaft jubelnd und hob den Hauptmann auf ihren Armen hoch empor. Dieser, auf ihren breiten Schultern sich zurechtsetzend, nahm das lange Perspektiv und musterte zufrieden sein Land.

Der Student Antonio aber saß doch noch höher zwischen den Blättern einer Palme, wo er mit den jungen Augen weit über Land und Meer sehen konnte. Es war ihm fast wehmütig zu Mute, als er in der stillen Morgenzeit unten Hähne krähen hörte und einzelne Rauchsäulen aufsteigen sah. Aber die Hähne krähten nicht in den Dörfern, sondern wild im Walde, und der Rauch stieg aus fernen Kratern, zur Warnung, daß sie auf unheimlichem vulkanischen Boden standen.

Plötzlich kam ein Matrose atemlos dahergerannt und erzählte, wie er tiefer im Gebirge auf Eingeborene gestoßen, die wären anfangs scheu und trotzig gewesen, auf seine wiederholten Fragen aber hätten sie ihn endlich an ihren König verwiesen und ihm das Schloß desselben in der Ferne gezeigt. – Er führte die andern sogleich höher zwischen den Klippen hinauf, und sie erblickten nun wirklich gegen Osten hin wunderbare Felsen am Strande, seltsam zerrissen und gezackt gleich Türmen und Zinnen. Unten schien ein Garten wie ein bunter Teppich sich auszubreiten, von den Felsen aber blitzte es in der Morgensonne, sie wußten nicht, waren es Waffen oder Bäche; der Wind kam von dort her, da hörten sie es zuweilen wie ferne Kriegsmusik durch die Morgenluft herüberklingen.

Einige meinten, man müsse den wilden Landsmann wieder aufsuchen, als Wegweiser und Dolmetsch, aber wer konnte ihn aus dem Labyrinth des Gebirges herausfinden, auch schien es töricht, sich einem Wahnsinnigen zu vertrauen, denn für einen solchen hielten sie alle den wunderlichen Alten. Alvarez beschloß daher, die Verwegensten zu einer bewaffneten feierlichen Gesandtschaft auszuwählen, er selbst wollte sie gleich am folgenden Morgen zu der Residenz des Königs führen, dort hofften sie nähere Auskunft von der Natur und Beschaffenheit des Landes und vielleicht auch über den rätselhaften Spanier zu erhalten.

Das war den abenteuerlichen Gesellen eben recht, sie schwärmten nun in aller Eile wieder den Berg hinab, und bald sah man ihr Boot zwischen dem Schiffe und dem Ufer hin und her schweben, um alles Nötige zu der Fahrt herbeizuholen. Auf dem Lande aber wurde das kleine Lager schleunig mit Wällen umgeben, einige fällten Holz zu den Palisaden, andere putzten ihre Flinten, Alvarez stellte die Wachen aus, alles war in freudigem Alarm und Erwartung der Dinge, die da kommen sollten. – Mitten in diesen Vorbereitungen saß Antonio in seinem Zelt und arbeitete mit allem Fleiß eine feierliche Rede aus, die der Hauptmann morgen an dem wilden Hofe halten wollte. Der Abend dunkelte schon wieder, draußen hörte er nur noch die Stimmen und den Klang der Äxte im Wald, seine Rede war ihm zu seiner großen Zufriedenheit geraten, er war lange nicht so vergnügt gewesen.

Die Sonne ging eben auf, das ganze Land schimmerte wie ein stiller Sonntagsmorgen, da hörte man ein Kriegslied von ferne herüberklingen, eine weiße Fahne mit dem kastilianischen Wappen flatterte durch die grüne Landschaft. Don Alvarez war's, der zog schon so früh mit dem Häuflein, das er zu der Ambassade ausgewählt, nach der Richtung ins Blaue hinein, wo sie gestern die Residenz des Königs erblickt hatten. Die Schalksnarren hatten sich zu dem Zuge auf das allervortrefflichste herausgeputzt. Voran mit der Fahne schritt ein Trupp Soldaten, die Morgensonne vergoldete ihnen lustig die Bärte und flimmerte in ihren Hellebarden, als hätten sich einige Sterne im Morgenrot verspätet. Ihnen folgten mehrere Matrosen, welche auf einer Bahre die für den König bestimmten Geschenke trugen: Pfannen, zerschlagene Kessel und was sonst die Armut an altem Gerümpel zusammengefegt. Darauf kam Alvarez selbst. Er hatte, um sich bei den Wilden ein vornehmes Ansehen zu geben, den Schiffsesel bestiegen, eine große Allongeperücke aufgesetzt und einen alten weiten Scharlachmantel umgehängt, der ihn und den Esel ganz bedeckte, so daß es aussah, als ritt' der lange hagre Mann auf einem Steckenpferde über die grüne Au. Der dicke Schiffskoch aber war als Page ausgeschmückt, der hatte die größte Not, denn der frische Seewind wollte ihm alle Augenblick das knappe Federbarett vom Kopfe reißen, während der Esel von Zeit zu Zeit gelassen einen Mund voll frischer Kräuter nahm. Antonio ging als Dolmetsch neben Alvarez her, denn er hatte schon zu Hause die indischen Sprachen mit großem Fleiße studiert. Alvarez aber zankte in einem fort mit ihm; er wollte in die Rede, die er soeben memorierte, noch mehr Figuren und Metaphern haben, gleichsam einen gemalten Schnörkel vor jeder Zeile. Dem Antonio aber fiel durchaus nichts mehr ein, denn der steigende Morgen vergoldete rings um sie her die Anfangsbuchstaben einer wunderbaren unbekannten Schrift, daß er innerlich still wurde vor der Pracht.

Ihre Fahrt ging längs der Küste fort, bald sahen sie das Meer über die Landschaft leuchten, bald waren sie wieder in tiefer Waldeinsamkeit. Der rüstige Sanchez streifte unterdes jägerhaft umher.

Kaum hatte der Zug die Gebirgsschluchten erreicht, als ein Wilder, im Dickicht versteckt, in eine große Seemuschel stieß. Ein zweiter gab Antwort und wieder einer, so lief der Schall plötzlich von Gipfel zu Gipfel über die ganze Insel, daß es tief in den Bergen widerhallte. Bald darauf sahen sie's hier und da im Walde aufblitzen, bewaffnete Haufen mit hellen Speeren und Schilden brachen in der Ferne aus dem Gebirge wie Waldbäche und schienen alle auf einen Punkt der Küste zuzueilen. Antonio klopfte das Herz bei dem unerwarteten Anblick. Sanchez aber schwenkte seinen Hut in der Morgenluft vor Lust. So rückte die Gesandtschaft unerschrocken fort; die Hütten, die sie seitwärts in der Ferne sahen, schienen verlassen, die Gegend wurde immer höher und wilder. Endlich, um eine Bergesecke biegend, erblickten sie plötzlich das Ziel ihrer Wanderschaft: den senkrechten Fels mit seinen wunderlichen Bogen, Zacken und Spitzen, von Bächen zerrissen, die sich durch die Einsamkeit herabstürzten, dazwischen saßen braune Gestalten, so still, als wären sie selber von Stein, man hörte nichts als das Rauschen der Wasser und jenseits die Brandung im Meere. In demselben Augenblick aber tat es einen durchdringenden Metallklang wie auf einem großen Schild, alle die Gestalten auf den Klippen sprangen plötzlich rasselnd mit ihren Speeren auf, und rasch zwischen dem Waldesrauschen, den Bächen und Zacken stieg ein junger, hoher, schlanker Mann herab mit goldenen Spangen, den königlichen Federmantel um die Schultern und einen bunten Reiherbusch auf dem Haupt wie ein Goldfasan. Er sprach noch im Herabkommen mit den andern und rief den Spaniern gebieterisch zu. Da aber niemand Antwort gab, blieb er auf seine Lanze gestützt vor ihnen stehen. Alvarez'

Perücke schien ihm besonders erstaunlich, er betrachtete sie lange unverwandt, man sah fast nur das Weiße in seinen Augen.

Antonio war ganz konfus, denn zu seinem Schrecken hatte er schon bemerkt, daß er trotz seiner Gelehrsamkeit kein Wort von des Königs Sprache verstand. Der unverzagte Alvarez aber fragte nach nichts, er ließ die Tragbahre mit dem alten Gerümpel dem Könige vor die Füße setzen, rückte sich auf seinem Esel zurecht und hielt sogleich mit großem Anstande seine wohlverfaßte Anrede, während einige andere hinten feierlich die Zipfel seines Scharlachmantels hielten. Da konnte sich der König endlich nicht länger überwinden, er rührte neugierig mit seinem Speer an Alvarez' Perücke, sie ließ zu seiner Bewunderung und Freude wirklich vom Kopfe des Redners los und, mit leuchtenden Augen zurückgewandt, wies er sie hoch auf der Lanze seinem Volke. Ein wildes Jauchzen erfüllte die Luft, denn ein großer Haufen brauner Gestalten hatte sich unterdes nachgedrängt, Speer an Speer, daß der ganze Berg wie ein ungeheurer Igel anzusehen war.

Der König hatte unterdes gewinkt, einige Wilde traten mit großen Körben heran, der König griff mit beiden Händen hinein und schüttelte auf einmal Platten, Körner und ganze Klumpen Goldes auf seine erstaunten Gäste aus, daß es lustig durcheinanderrollte. Da sah man in dem unverhofften Goldregen plötzlich ein Streiten und Jagen unter den Spaniern, jeder wollte alles haben, und je mehr sie lärmten und zankten, je mehr warf der König aus, ein spöttisches Lächeln zuckte um seinen Mund, daß seine weißen Zähne manchmal hervorblitzten wie bei einem Tiger. Währenddes aber schwärmten die Eingeborenen von beiden Seiten aus den Schluchten hervor, mit ihren Schildern und Speeren die Raufenden wild umtanzend.

Da war Alvarez der erste, der sich schnell besann. »Ehre über Geld und Gott über alles!« rief er, seinen Degen ziehend, und stürzte in den dicken Knäuel der Seinigen, um sie mit Gewalt auseinanderzuwirren. »Christen«, schrie er, »wollt ihr euch vom Teufel mit Gold mästen lassen, damit er euch nachher die Hälse umdreht wie Gänsen? Seht ihr nicht, wie er mit seiner Leibgarde den Ring um euch zieht?« – Aber der Teufel hatte sie schon verblendet; um nichts von ihrem Golde zurückzugeben, entflohen sie einzeln vor dem Hauptmann, sich im Walde verlaufend mit den lächerlich vollgestopften Taschen. Nur einige alte Soldaten sammelten sich um Alvarez und den Lieutenant. Die Eingeborenen stutzten, da sie die bewegliche Burg und die Musketen plötzlich zielend auf sich gerichtet sahen, sie schienen den Blitz zu ahnden, der an den dunklen Röhren hing, sie blieben zaudernd stehen. So entkam der Hauptmann mit seinen Getreuen dem furchtbaren Kreise der Wilden, ehe er sich noch völlig hinter ihnen geschlossen hatte.

In der Eile aber hatte auch dieses Häuflein den ersten besten Pfad eingeschlagen und war, ohne es zu bemerken, immer tiefer in den Wald geraten. Der nahm kein Ende, die Sonne brannte auf die nackten Felsen, und als sie sich endlich senkte, hatten sie sich gänzlich verirrt. Jetzt brach die Nacht herein, ein schweres Gewitter, das lange in der Ferne über dem Meere gespielt, zog über das Gebirge; den armen Antonio hatten sie gleich beim Anbruch der Dunkelheit verloren. So stoben sie wie zerstreute Blätter im Sturme durch die schreckliche Nacht, nur die angeschwollenen Bäche rauschten zornig in der Wildnis, dazwischen das blendende Leuchten der Blitze, das Schreien der Wilden und die Signalschüsse der Verirrten aus der Ferne. – »Horcht«, sagte Sanchez, »das klingt so hohl unter den Tritten, als ginge ich über mein Grab, und die Wetter breiten sich darüber wie schwarze Bahrtücher mit feurigen Blumen durchwirkt, das wär' ein schönes Soldatengrab!« – »Schweig«, fuhr ihn Alvarez an, »wie kommst du jetzt darauf?« – »Das kommt von dem verdammten Trinken«, entgegnete Sanchez, »da werd' ich zu Zeiten so melancholisch darnach.« Er sang:

»Und wenn es einst dunkelt,

Der Erd' bin ich satt,
Durchs Abendrot funkelt
Eine prächtige Stadt;
Von den goldenen Türmen
Singet der Chor,
Wir aber stürmen
Das himmlische Tor!«

»Was ist das!« rief plötzlich ein Soldat. Sie sahen einen Fremden mit bloßem Schwerte durch die Nacht auf sich zustürzen, sein Mantel flatterte weit im Winde. – Beim Glanz der Blitze erkannten sie ihren wahnsinnigen Landsmann wieder. – »Halloh!« rief ihm Sanchez freudig entgegen, »hat dich der Lärm und das Schießen aus deinen Felsenritzen herausgelockt, kannst du das Handwerk nicht lassen?« – Der Alte aber, scheu zurückblickend, ergriff hastig die Hand des Lieutenants und drängte alle geheimnisvoll und wie in wilder Flucht mit sich fort. »Noch ist es Zeit«, sagte er halbleise, »ich rette euch noch, nur rasch, rasch fort, es brennt, seht, wie die blauen Flämmchen hinter mir aus dem Boden schlagen, wo ich trete!« – »Führ uns ordentlich und red nicht so toll in der verrückten Nacht!« entgegnete Alvarez ärgerlich. – Da leuchtete ein Blitz durch des Alten fliegendes Haar. Er blieb stehen und zog die Locken über das Gesicht durch seine weitausgespreizten Finger. »Grau, alles grau geworden in *einer* Nacht«, sagte er mit schmerzlichem Erstaunen, »aber es könnte noch alles gut werden«, setzte er nach einem Augenblick hinzu, »wenn sie mich nur nicht immer verfolgte.« – »Wo? Wer?« fragte Sanchez. – »Die grausilberne Schlange«, erwiderte der Alte heimlich und riß die Erstaunten wieder mit sich durch das Gestein. Plötzlich aber schrie er laut auf: »Da ist sie wieder!« – Alles wandte sich erschrocken um. – Er meinte den Strom, der, soeben tief unter dem Felsen vorüberschießend, im Wetterleuchten heraufblickte. – Ehe sie sich aber noch besannen, flog der Unglückliche schon durch das Dickicht fort, die Haare stiegen ihm vor Entsetzen zu Berge, so war er ihnen bald in der Dunkelheit zwischen den Klüften verschwunden.

Währenddes irrte Antonio verlassen im Gebirge umher. In der Finsternis war er unversehens von den Seinigen abgekommen. Als er's endlich bemerkte, waren sie schon weit; da hörte er plötzlich wieder Tritte unter sich und eilte darauf zu, bis er mit Schrecken gewahr wurde, daß es Eingeborene waren, die hastig und leise, als hätten sie einen heimlichen Anschlag, vorüberstreiften, ohne ihn zu sehen. Ihn schauerte, und doch war's ihm eigentlich recht lieb so. Er dachte übers Meer nach Hause, wie nun alle dort ruhig schliefen und nur die Turmuhr über dem mondbeschienenen Hof schlüge und die Bäume dunkel rauschten im Garten. Wie grauenhaft waren ihm da vom Balkon oft die Wolken vorgekommen, die über das stille Schloß gingen wie Gebirge im Traum. Und jetzt stand er wirklich mitten in dem Wolkengebirge, so rätselhaft sah hier alles aus in dieser wilden Nacht! »Nur zu, blas nur immer zu, blinder Sturm, glühet, ihr Blitze!« rief er aus und schaute recht zufrieden und tapfer umher, denn alles Große ging durch seine Seele, das er auf der Schule aus den Büchern gelernt, Julius Cäsar, Brutus, Hannibal und der alte Cid. – Da brannte ihn plötzlich sein Gold in der Tasche, auch er hatte sich nicht enthalten können, in dem Goldregen mit seinem Hütlein einige Körner aufzufangen. – »Frei vom Mammon will ich schreiten auf dem Felde der Wissenschaft,« sagte er und warf voll Verachtung den Goldstaub in den Sturm, es gab kaum einen Dukaten, aber er fühlte sich noch einmal so leicht.

Unterdes war das Gewitter rasch vorübergezogen, der Wind zerstreute die Wolken wie weiße Nachtfalter in wildem Fluge über den ganzen Himmel, nur tief am Horizont noch schweiften die Blitze, die Nacht ruhte ringsher auf den Höhen aus. Da fühlte Antonio erst die tiefe Einsamkeit, verwirrt eilte er auf den verschlungenen Pfaden durch das Labyrinth der Klippen lange fort. Wie erschrak er aber, als er auf einmal in derselben Gegend herauskam, aus der sie am Morgen entflohen. Der Fels des Königs mit seinen seltsamen Schluften und Spitzen stand wieder vor ihm, nur an einem andern Abhange desselben schien er sich zu befinden. Jetzt war alles so stumm dort, die Wellen plätscherten einförmig, riesenhaftes Unkraut bedeckte überall wildzerworfenes Gemäuer. – Antonio sah sich zögernd nach allen Seiten um. Schon gestern hatten ihn die Mauertrümmer, die fast wie Leichensteine aus dem Grün hervorragten, rätselhaft verlockt. Jetzt konnte er nicht länger widerstehen, er zog heimlich seine Schreibtafel hervor, um den kostbaren Schatz von Inschriften und Bilderzeichen, die er dort vermutete, wie im Fluge zu erheben.

Da aber wurde er zu seinem Erstaunen erst gewahr, daß er eigentlich mitten in einem Garten stand. Gänge und Beete, mit Buxbaum eingefaßt, lagen umher, eine Allee führte nach dem Meere hin, die Kirschbäume standen in voller Blüte. Aber die Beete waren verwildert, Rehe weideten auf den einsamen Gängen, an den Bäumen schlangen sich üppige Ranken wild bis über die Wipfel hinaus, von wunderbaren hohen Blumen durchglüht. Seitwärts standen die Überreste einer verfallenen Mauer, die Sterne schienen durch das leere Fenster, in dem Fensterbogen schlief ein Pfau, den Kopf unter die schimmernden Flügel versteckt.

Antonio wandelte wie im Traum durch die verwilderte Pracht, kein Laut rührte sich in der ganzen Gegend, da war es ihm plötzlich, als sähe er fern am andern Ende der Allee jemand zwischen den Bäumen gehen, er hielt den Atem an und blickte noch einmal lauschend hin, aber es war alles wieder still, es schien nur ein Spiel der wankenden Schatten. Da kam er endlich in eine dunkle Laube, die der Wald sich selber luftig gewoben, das schien ihm so heimlich und sicher, er wollt' nur einen Augenblick rasten und streckte sich ins hohe Gras. Ein würziger Duft wehte nach dem Regen vom Walde herüber, die Blätter flüsterten so schläfrig in der leisen Luft, müde sanken ihm die Augen zu.

Die wunderbare Nacht aber sah immerfort in seinen Schlaf hinein und ließ ihn nicht lange ruhen, und als er erwachte, hörte er mit Schrecken neben sich atmen. Er wollte rasch aufspringen, aber zwei Hände hielten ihn am Boden fest. Beim zitternden Mondesflimmer durchs Laub glaubte er, eine schlanke Frauengestalt zu erkennen: »Ich wußte es wohl, daß du kommen würdest«, redete sie ihn in spanischer Sprache an. – »So bist du eine Christin?« fragte er ganz verwirrt. – Sie schwieg. – »Hast du mich denn schon jemals gesehen?« – »Gestern nachts bei unserem Fest«, erwiderte sie, »du warst allein mit euerm Seekönig.« – Eine entsetzliche Ahnung flog durch Antonios Seele, er mühte sich in der Finsternis vergeblich, ihre Züge zu erkennen, draußen gingen Wolken wechselnd vorüber, zahllose Johanniswürmchen umkreisten leuchtend den Platz. – Da hörte er fern von den Höhen einen schönen männlichen Gesang. »Wer singt da?« fragte er erstaunt. – »Still, still«, erwiderte die Unbekannte, »laß den nur in Ruh. Hier bist du sicher, niemand besucht diesen stillen Garten mehr, sonst war es anders –« Dann sang sie selber wie in Gedanken.:

>»Er aber ist gefahren
>Weit übers Meer hinaus,
>Verwildert ist der Garten,
>Verfallen liegt sein Haus.
>
>Doch nachts im Mondenglanze
>Sie manchmal noch erwacht,
>Löst von dem Perlenkranze
>Ihr Haar, das wallt wie Nacht.
>
>So sitzt sie auf den Zinnen,
>Und über ihr Angesicht
>Die Perlen und Tränen rinnen,
>Man unterscheid't sie nicht.«

Da teilte ein frischer Wind die Zweige, im hellen Mondlicht erkannte Antonio plötzlich die »Frau Venus« wieder, die sie gestern nachts schlummernd in der Höhle gesehen, ihre eigenen Locken wallten wie die Nacht. – Ein Grauen überfiel ihn, er merkte erst jetzt, daß er unter glühenden Mohnblumen wie begraben lag. Schauernd sprang er empor und schüttelte sich ab, sie wollte ihn halten, aber er riß sich von ihr los. Da tat sie einen durchdringenden Schrei, daß es ihm durch Mark und Bein ging, dann hörte er sie in herzzerreißender Angst rufen, schelten und rührend flehen.

Aber er war schon weit fort, der Gesang auf den Höhen war verhallt, die Wälder rauschten ihm wieder erfrischend entgegen, hinter ihm versank allmählich das schöne Weib, das Meer und der Garten, nur zuweilen noch hörte er ihre Klagen wie das Schluchzen einer Nachtigall von ferne durch den Wind herüberklingen.

>»Du sollst mich doch nicht fangen,
>Duftschwüle Zaubernacht!
>Es stehn mit goldnem Prangen
>Die Stern' auf stiller Wacht
>Und machen überm Grunde,
>Wo du verirret bist,
>Getreu die alte Runde,
>Gelobt sei Jesus Christ!
>
>Wie bald in allen Bäumen
>Geht nun die Morgenluft,
>Sie schütteln sich in Träumen,
>Und durch den roten Duft
>Eine fromme Lerche steiget,
>Wenn alles still noch ist,
>Den rechten Weg dir zeiget –
>Gelobt sei Jesus Christ!«

So sang es im Gebirge, unten aber standen zwei spanische

Soldaten fast betroffen unter den Bäumen, denn es war ihnen, als ginge ein Engel singend über die Berge, um den Morgen anzubrechen. Da stieg ein Wanderer rasch zwischen den Klippen herab, sie erkannten zu ihrer großen Freude den Studenten Antonio, er schien bleich und zerstört. – »Gott sei Dank, daß Ihr wieder bei uns seid!« rief ihm der eine Soldat entgegen. »Ihr hättet uns beinah konfus gemacht mit Eurem Gloria«, meinte der andere, »Ihr habt eine gute geistliche Kehle. Wo kommt Ihr her?« – »Aus einem tiefen Bergwerke«, sagte Antonio, »wo mich der falsche Flimmer verlockt – wie so unschuldig ist hier draußen die Nacht!« – »Bergwerk? Wo habt Ihr's gefunden?« fragten die Soldaten mit hastiger Neugier. – »Wie, sprach ich von einem Bergwerk?« erwiderte Antonio zerstreut, »wo sind wir denn?« – Die Soldaten zeigten über den Wald, dort läge ihr Landungsplatz. Sie erzählten ihm nun, wie die zersprengte Gesandtschaft unter großen Mühseligkeiten endlich wieder das Lager am Strande erreicht. Da habe der brave Alvarez, da er den Antonio dort nicht gefunden, sie beide zurückgeschickt, um ihn aufzusuchen, und wenn sie jeden Stein umkehren und jede Palme schütteln sollten. Antonio schien wenig darauf zu hören. Die Soldaten aber meinten, es sei diese Nacht nicht geheuer im Gebirge, sie nahmen daher den verträumten Studenten ohne weiteres in ihre Mitte und schritten rasch mit ihm fort.

So waren sie in kurzer Zeit bei ihren Zelten angelangt. Dort stand Alvarez wie ein Wetterhahn auf dem frisch aufgeworfenen Erdwall, vor Ungeduld sich nach allen Winden drehend. Er schimpfte schon von weitem, da er endlich den Verirrten ankommen sah. »Ein Weltentdecker«, sagte er, »muß den Kompaß in den Füßen haben, in der Wildnis bläst der Sturm die Studierlampe aus, da schlägt ein kluger Kopf sich Funken aus den eignen Augen. Was da Logik und Rhetorik! Sie hätten deinen Kopf aufgefressen mit allen Wissenschaften drin, aber ich hatt's ihnen zugeschworen, sie mußten zum Nachtisch alle unsere bleiernen Pillen schlukken oder meine eigenen alten Knochen nachwürgen. Du bist wohl recht verängstigt und müde, armer Junge, Gott, wie du aussiehst!« – Nun ergriff er den Studenten vor Freude beim Kopf, strich ihm die vollen braunen Locken aus der Stirn und führte ihn eilig ins Lager in sein eignes Zelt, wo er sich sogleich auf eine Matte hinstrecken mußte. Im Lager aber war schon ein tiefes Schweigen, die müden Gesellen lagen schlafend wie Tote umher. Nur der Lieutenant Sanchez wollte diese Nacht nicht mehr schlafen noch ruhen, er saß auf den zusammengelegten Waffen der Mannschaft; eine Flasche in der Hand, trank er auf eine fröhliche Auferstehung, der Nachtwind spielte mit der roten Hahnfeder auf seinem Hut, der ihm verwegen auf einem Ohr saß; er war wahrhaftig schon wieder berauscht. Antonio mußte nun seine Abenteuer erzählen. Er berichtete verworren und zerstreut, in seinem Haar hing noch eine Traumblume aus dem Garten. Alvarez blieb dabei, das Frauenzimmer sei die Frau Venus gewesen und jene Höhle, die sie in der Walpurgisnacht entdeckt, der Eingang zum Venusberge. Sanchez aber rückte immer näher, während er hastig ein Glas nach dem andern hinunterstürzte; er fragte wunderlich nach der Lage der Höhle, nach dem Wege dahin, sie mußten ihm alles ausführlich beschreiben. – Auf einmal war er heimlich verschwunden.

Der Abenteurer schlich sich sacht und vorsichtig durch die schläfrigen Posten, über dem Gespräch hatte ihn plötzlich das Gelüsten angewandelt, den dunkeln Vorhang der phantastischen Nacht zu lüften – er wollte die Frau Venus besuchen. Er hatte sich Felsen, Schlünde und Stege aus Alvarez' Rede wohl gemerkt, es traf alles wunderbar zu. So kam er in kurzer Zeit an das stille Tal. Ein schmaler Felspfad führte fast unkenntlich zwischen dem Gestrüpp hinab, die Sterne schienen hell über den Klippen, er stieg im trunkenen Übermut in den Abgrund. Da brach plötzlich ein Reh neben ihm durch das Dickicht, er zog schnell seinen Degen. »Hoho, Ziegenbock!« rief er, »hast du die Hexe abgeworfen, die zu meiner Hochzeit ritt! Das ist eine bleiche schläfrige Zeit zwischen Morgen und Nacht, da schauern die Toten und schlüpfen in ihre Gräber, daß man die Leichentücher durchs Laub streichen hört. Wo sich eine verspätet beim Tanz, ich greif' sie, sie soll meine Brautjungfer sein. – Zum Teufel, red vernehmlicher, Waldeinsamkeit! Ich kenn' ja dein Lied aus alter Zeit, wenn wir auf wilder Freite in Flandern nachts an den Wällen lagen vor mancher schönen Stadt, die von den schlanken Türmen mit ihrem Glockenspiele durch die Luft musizierte. Die Sterne löschen schon aus, wer weiß, wer sie wiedersieht! – Nur leise, sacht zwischen den Werken, in den Laufgräben fort! Die Wolken wandern, die Wächter schlafen auf den Wällen, in ihre grauen Mäntel gehüllt, sie tun, als wären sie von Stein. – Verfluchtes Grauen, ich seh' dich nicht, was hauchst du mich so kalt an, ich ringe mit dir auf der Felsenwand, du bringst mich nicht hinunter!«

Jetzt stand er auf einmal vor der Kluft, die Alvarez und Antonio in jener Nacht gesehen. Es war die erste geheimnisvolle Morgenzeit, in dem ungewissen Zwielicht erblickte er die junge schlanke Frauengestalt, ganz wie sie ihm beschrieben worden, auf dem Moosbett in ihrem Schmucke schlummernd, den schönen Leib von ihren Locken verdeckt. Alte halbverwitterte Fahnen, wie es schien, hingen an der Wand umher, der Wind spielte mit den Lappen, hinten in der Dämmerung, den Kopf vornüber gebeugt, saß es wie eine eingeschlafene Gestalt.

»Es ist die höchste Zeit«, flüsterte Sanchez ganz verblendet, »sonst versinkt alles wieder, schon hör' ich Stimmen gehn. Wie oft schon sah ich im Wein ihr Bild, das war so schön und wild in des Bechers Grund. Einen Kuß auf ihren Mund, so sind wir getraut, eh' der Morgen graut.« – So taumelte der Trunkene nach der Schlummernden hin, er fuhr schauernd zusammen, als er sie anfaßte, ihre Hand war eiskalt. Im Gehen aber hatte er sich mit den Sporen in die Trümmer am Boden verwickelt, eine Rüstung an der Wand stürzte rasselnd zusammen, die alten Fahnen flatterten im Wind, bei dem Dämmerschein war's ihm, als rührte sich alles und dunkle Arme wänden sich aus der Felswand. Da sah er plötzlich im Hintergrunde den schlafenden Wächter sich aufrichten, daß ihn innerlich graute. An dem irren funkelnden Blick glaubte er den alten wahnsinnigen Spanier wiederzuerkennen, der warf, ohne ein Wort zu sagen, seinen weiten Mantel über die Schultern zurück, ergriff das neben ihm stehende Schwert und drang mit solcher entsetzlichen Gewalt auf ihn ein, daß Sanchez kaum Zeit hatte, seine wütenden Streiche aufzufangen. Bei dem Klange ihrer Schwerter aber fuhren große scheußliche Fledermäuse aus den Felsenritzen und durchkreisten mit leisem Fluge die Luft, graue Nebelstreifen dehnten und reckten sich wie Drachenleiber verschlafen an den Wipfeln, dazwischen wurden Stimmen im Walde wach, bald hier, bald dort, eine weckte die andre, aus allen Löchern, Hecken und Klüften stieg und kroch es auf einmal, wilde dunkle Gestalten im Waffenschmuck, und alles stürzte auf Sanchez zusammen. »Nun, nun, steht's so!« rief der verzweifelte Lieutenant, »laß mich los, alter Narr mit deinem verwitterten Bart! Das ist keine Kunst, so viele über einen. Schickt mir euern Meister selber her, es gelüstet mich recht, mit ihm zu fechten! Aber der Teufel hat keine Ehre im Leibe. Ihr höllisches Ungeziefer, nur immer heraus vor meine christliche Klinge! Nur immerzu, ich hau' mich durch!« – So, den Degen in der Faust, wich er, wie ein gehetztes Wild, kämpfend von Stein zu Stein, das einsame Felsental hallte von den Tritten und Waffen, im Osten hatte der Morgen schon wie ein lustiger Kriegsknecht die Blutfahne ausgehangen.

Im Lager flackerten unterdes nur noch wenige Wachtfeuer halberlöschend, eine Gestalt nach der andern streckte sich in der Morgenkühle, einige saßen schon wach auf ihrem Mammon und besprachen das künftige Regiment der Insel. Plötzlich riefen draußen die Schildwachen an, sie hatten Lärm im Gebirge gehört. Jetzt vermißte man erst den Lieutenant. Alles sprang bestürzt zu den Waffen, keiner wußte, was das bedeuten könnte. Der Lärm aber, als sie so voller Erwartung standen, ging über die Berge wie ein Sturm wachsend immer näher, man konnte schon deutlich dazwischen das Klirren der Waffen unterscheiden. Da, im fahlen Zwielicht, sahen sie auf einmal den Sanchez droben aus dem Walde dahersteigen, bleich und verstört, mit den Geistern fechtend. Hinter ihm drein aber toste eine wilde Meute, es war, als ob aller Spuk der Nacht seiner blutigen Fährte folgte. Sein Frevel, wie es schien, hatte das dunkle Wetter, das schon seit gestern grollend über den Fremden hing, plötzlich gewendet, von allen Höhen stürzten bewaffnete Scharen wie reißende Ströme herab, der Klang der Schilde, das Schreien und der Widerhall zwischen den Felsen verwirrte die Stille, und bald sahen sich die Spanier von allen Seiten umzingelt. – »Macht dem Lieutenant Luft!« rief Alvarez und warf sich mit einigen Soldaten mitten in den dicksten Haufen. Schon hatten sie den Sanchez gefaßt und führten den Wankenden auf einen freien Platz am Meer, aber zu spät, von vielen Pfeilen durchbohrt, brach er neben seinen Kameraden auf dem Rasen zusammen – sein Wort war gelöst, er hatte sich wacker durchgeschlagen.

Bei diesem Anblick ergriff alle eine unsägliche Wut, keiner dachte mehr an sich im Schmerz, sie mähten sich wie die Todesengel in die dunklen Scharen hinein, Alvarez und Antonio immer tapfer voran. Da erblickten sie auf einmal ihren wahnsinnigen Landsmann, mitten durch das Getümmel mit dem Schwert auf sie eindringend. Vergebens riefen sie ihm warnend zu – er stürzte sich selbst in ihre Speere, ein freudiges Leuchten ging über sein verstörtes Gesicht, daß sie ihn fast nicht wiedererkannten, dann sahen sie ihn taumeln und mit durchbohrtem Herzen tot zu Boden sinken. – Ein entsetzliches Rachegeschrei erhob sich über dem Toten, die Wilden erneuerten mit verdoppeltem Grimm ihren Angriff, es war, als ständen die Erschlagenen hinter ihnen wieder auf, immer neue scheußliche Gestalten wuchsen aus dem Blut, schon rannten sie jauchzend nach dem Strand, um die Spanier von ihrem Schiffe abzuschneiden. Jetzt war die Not am höchsten, ein jeder befahl sich Gott, die Spanier fochten nicht mehr für ihr Leben, nur um einen ehrlichen Soldatentod. – Da ging es auf einmal wie ein Schauder durch die unabsehliche feindliche Schar, alle Augen waren starr nach dem Gebirge zurückgewandt. Auch Antonio und Alvarez standen ganz verwirrt mitten in der blutigen Arbeit. Denn zwischen den Palmengipfeln in ihrem leuchtenden Totenschmucke kam die Frau Venus, die wilden Horden teilend, von den Felsen herab. Da stürzten plötzlich die Eingeborenen wie in Anbetung auf ihr Angesicht zur Erde, die Spanier atmeten tief auf, es war auf einmal so still, daß man die Wälder von den Höhen rauschen hörte.

Indem sie aber noch so staunend stehn, tritt die Wunderbare mitten unter sie, ergreift Sanchez' Mantel, den sie seltsam um ihren Leib schlägt, und befiehlt ihnen, sich rasch in das Boot zu werfen, ehe der Zauber gelöst. Darauf umschlingt sie Antonio, halb drängt, halb trägt sie ihn ins Boot hinein, die andern, ganz verdutzt, bringen eiligst Sanchez' Leichnam nach, alles stürzt in die Barke. So gleiten sie schweigend dahin, schon erheben sich einzelne Gestalten wieder am Ufer, ein leises Murmeln geht wachsend durch die ganze furchtbare Menge, da haben sie glücklich ihr Schiff erreicht. Dort aber faßt die Unbekannte sogleich das Steuer, die stille See spiegelt ihr wunderschönes Bild, ein frischer Wind vom Lande schwellt die Segel, und als die Sonne aufgeht, lenkt sie getrost zwischen den Klippen in den Glanz hinaus.

Die Spanier wußten nicht, wie ihnen geschehen. Als sie sich vom ersten Schreck erholt, gedachten sie erst ihrer Goldklumpen wieder, die sie auf der Insel zurückgelassen. Da fuhren sie dann wieder so arm und lumpig von dannen, wie sie gekommen. – »Der Teufel hat's gegeben, der Teufel hat's genommen«, sagte der spruchreiche Alvarez verdrießlich. – Darüber aber hatten sie den armen Sanchez vergessen, der auf dem Verdeck unter einer Fahne ruhte. Alvarez beschloß, vor allem andern ihm die letzte Ehre anzutun, wie es einem tapfern Seemann gebührte. Er berief sogleich die ganze Schiffsmannschaft, die einen stillen Kreis um den Toten bildete, dann trat er in die Mitte, um die Leichenrede zu halten. »Seht da, den gewesenen Lieutenant«, sagte er, »nehmt euch ein Exempel dran, die ihr immer meint, Unkraut verdürb' nicht. Ja, da seht ihn liegen, er war tapfer, oftmals betrunken, aber tapfer.« – Weiter bracht' er's nicht, denn die Stimme brach ihm plötzlich, und Tränen stürzten ihm aus den Augen, als er den treuen Kumpan so bleich und still im lustigen Morgenrot daliegen sah. Einige Matrosen hatten ihn unterdes in ein Segeltuch gewickelt, andere schwenkten die Flaggen über ihm auf eine gute Fahrt auf dem großen Meere der Ewigkeit – dann ließen sie ihn an Seilen über Bord ins feuchte Grab hinunter. »So ist denn«, sagte Alvarez, »sein Leiblied wahr geworden: ›Ein Meerweib singt, die Nacht ist lau, da denkt an mich, 's ist meine Frau.‹ Man soll den Teufel nicht an die Wand malen.« – Kaum aber hatte der Tote unten die kalte See berührt, als er auf einmal in seinem Segeltuch mit großer Vehemenz zu arbeiten anfing. »Ihr Narren, ihr«, schimpfte er, »was, Wein soll das sein? Elendes Wasser ist's!« – Die Matrosen hätten vor Schreck beinah Strick und Mann fallen lassen, aber Alvarez und Antonio sprangen rasch hinzu und zogen voller Freuden den Ungestümen wieder über Bord hinauf. Hier drängten sich nun die Überraschten von allen Seiten um ihn herum, und während die einen seine Wunden untersuchten und verbanden, andere jauchzend ihre Hüte in die Luft warfen, glotzte der unsterbliche Lieutenant alle mit seinen hervorstehenden Augen stumm und verwogen an, bis sein Blick endlich die wunderbare Führerin des Schiffes traf. Da schrie er plötzlich auf: »Die ist's! Ich selber sah sie in den Klüften auf dem Moosbett schlafen!«

Aller Augen wandten sich nun von neuem auf die schöne Fremde, die, auf das Steuer gelehnt, gedankenvoll nach der fernen Küste hinübersah. Keiner traute ihr, Antonio aber erkannte bei dem hellen Tageslicht das Mädchen aus dem wüsten Garten wieder. Da faßte Alvarez sich ein Herz, trat vor und fragte sie, wer sie eigentlich wäre? – »Alma«, war ihre Antwort. – Warum sie zu ihnen gekommen? – »Weil sie euch erschlagen wollten«, erwiderte sie in ihrem gebrochenen Spanisch. – Ob sie mit ihnen fahren und ihm als Page dienen wolle? – Nein, sie wolle dem Antonio dienen. – Woher sie denn aber Spanisch gelernt? – Vom Alonzo, den sie erstochen hätten. – »Den tollen Alten«, fiel hier Sanchez hastig ein, »wer war er, und wie kam er zu dir?« – »Ich weiß nicht«, entgegnete Alma. – »Kurz und gut«, hob Alvarez wieder an, »war die Frau Venus auf Walpurgisnacht auf eurer Insel? Oder bist du gar selber die Frau Venus? Habt ihr beide – wollt' sagen: du oder die Frau Venus – dazumal in der Felsenkammer geschlafen?« – Sie schüttelte verneinend den Kopf. – »Nun, so mag der Teufel daraus klug werden! Ich will mich heute gar nicht mehr wundern, Frau Venus, Urgande, Megära, das kommt und geht so«, rief der Hauptmann ungeduldig aus und benannte das Eiland, dessen blaue Gipfel soeben im Morgenduft versanken, ohne weiteres die Venusinsel, von der Frau Venus, die nicht da war.

Die darauffolgende Nacht war schön und sternklar, die »Fortuna« mit ihren weißen Segeln glitt wie ein Schwan durch die mondlichte Stille. Da trat Antonio leise auf das Verdeck hinaus, er hatte keine Rast und Ruh, es war ihm, als müßte er die schöne Fremde bewachen, die sorglos unten ruhte. Wie erstaunte er aber, als er das Mädchen droben schon wach und ganz allein erblickte, es war alles so einsam in der Runde, nur manchmal schnalzte ein Fisch im Meer, sie aber saß auf dem Boden mitten zwischen wunderlichem Kram, ein Spiegel, Kämme, ein Tamburin und Kleidungsstücke lagen verworren um sie her. Sie kam ihm wie eine Meerfee vor, die bei Nacht aus der Flut gestiegen, sich heimlich putzt, wenn alle schlafen. Er blieb scheu zwischen dem Tauwerk stehen, wo sie ihn nicht bemerken konnte. Da sah er, wie sie nun einzelne Kleidungsstücke flimmernd gegen den Mond hielt, er erkannte seinen eigenen Sonntagsstaat, den er ihr gestern gezeigt: die gestickte Feldbinde, das rotsamtne weißgestickte Wämschen. Sie zog es eilig an; Antonio war schlank und fein gebaut, es paßte ihr alles wie angegossen. Darauf legte sie den blendendweißen Spitzenkragen um Hals und Brust und drückte das Barett mit den nickenden Federn auf das Lockenköpfchen. Als sie fertig war, sprang sie auf, sie schien sich über sich selbst zu verwundern, so schön sah sie aus. Da stieß sie unversehens mit den Sporen an das Tamburin am Boden. Sie ergriff es rasch, und den tönenden Reif hoch über sich schwingend, fing sie mit leuchtenden Augen zu tanzen an, fremd und doch zierlich, und sang dazu:

»Bin ein Feuer hell, das lodert
Von dem grünen Felsenkranz,
Seewind ist mein Buhl' und fodert
Mich zum lust'gen Wirbeltanz,
Kommt und wechselt unbeständig.
Steigend wild,
Neigend mild
Meine schlanken Lohen wend' ich,
Komm nicht nah mir, ich verbrenn' dich!

Wo die wilden Bäche rauschen
Und die hohen Palmen stehn,
Wenn die Jäger heimlich lauschen,
Viele Rehe einsam gehn.
Bin ein Reh, flieg' durch die Trümmer
Über die Höh,
Wo im Schnee
Still die letzten Gipfel schimmern,
Folg mir nicht, erjagst mich nimmer!

Bin ein Vöglein in den Lüften.
Schwing' mich übers blaue Meer,
Durch die Wolken von den Klüften

Fliegt kein Pfeil mehr bis hierher,
Und die Au'n und Felsenbogen,
Waldeseinsamkeit
Weit, wie weit,
Sind versunken in die Wogen –
Ach, ich habe mich verflogen!«

Bei diesen Worten warf sie sich auf den Boden nieder, daß das Tamburin erklang, und weinte. – Da trat Antonio rasch hinzu, sie fuhr empor und wollte entfliehen. Als sie aber seine Stimme über sich hörte, lauschte sie hoch auf, strich mit beiden Händen die aufgelösten Locken von den verweinten Augen und sah ihn lächelnd an.

Antonio, wie geblendet, setzte sich zu ihr an den Bord und pries ihren wunderbaren Tanz. Sie antwortete kein Wort darauf, sie war erschrocken und in Verwirrung. Endlich sagte sie schüchtern und leise: sie könne nicht schlafen vor Freude, es sei ihr so licht im Herzen. – Gerade so geht mir's auch, dachte er und schaute sie noch immer ganz versunken an. Da fiel ihm eine goldne Kette auf, die aus ihrem Wämschen blinkte. Sie bemerkte es und verbarg sie eilig. Antonio stutzte. »Von wem hast du das kostbare Angedenken?« fragte er. – »Von Alonzo«, erwiderte sie zögernd. – »Wunderbar«, fuhr er fort, »gesteh es nur, du weißt es ja doch, wer der Alte war und wie er übers Meer gekommen. Und du selbst – wir sahn dich schlummern in der Kluft beim Fackeltanz, und dann an jenem blutigroten Morgen warf sich das Volk erschrocken vor dir hin – wer bist du?« – Sie schwieg mit tiefgesenkten Augen, und wie er so fortredend in sie drang, brach endlich ein Strom von Tränen unter den langen schwarzen Wimpern hervor. »Ach, ich kann ja nicht dafür!« rief sie aus und bat ihn ängstlich und flehentlich, er sollt' es nicht verlangen, sie könnt' es ihm nicht sagen, sonst würde er böse sein und sie verjagen. – Antonio sah sie verwundert an, sie war so schön, er reichte ihr die Hand. Als sie ihn so freundlich sah, rücke sie näher und plauderte so vertraulich, als wären sie jahrelang schon beisammen. Sie erzählte von der Nacht auf dem Gebirge, wo sie ihn beim flüchtigen Fackelschein zum erstenmal gesehn, wie sie dann traurig gewesen, als er damals im Garten sie so schnell verließ, sie meinte, die Wilden würden ihn erschlagen.

Antonio aber war's bei dem Ton ihrer Stimme, als hörte er zur Frühlingszeit die erste Nachtigall in seines Vaters Garten. Die Sterne schienen so glänzend, die Wellen zitterten unter ihnen im Mondenschein, nur von ferne kühlte sich die Luft mit Blitzen, bis endlich Alma vor Schlaf nicht mehr weiter konnte und müde ihr Köpfchen senkte.

Auch Antonio war zuletzt eingeschlummert. Da träumte ihm von dem schönen verwilderten Garten, es war, als wollt' ihm der Vogel in dem ausgebrochenen Fensterbogen im Schlag von Diego erzählen, der unter den glühenden Blumen sich verirrt. Und als er so, noch halb im Traume, die Augen aufschlug, flog schon ein kühler Morgenwind kräuselnd über die See, er blickte erschrocken umher, da hörte er wieder die Frau Venus neben sich atmen wie damals, und von fern stiegen die Zacken und Felsen der Insel allmählich im Morgengrauen wieder empor, dazwischen glaubte er wirklich, den Vogel im Gebirge singen zu hören. Jetzt ruft es auch plötzlich: »Land!« aus dem Mastkorb; verschlafene Matrosen erheben sich, im Innern des Schiffs beginnt ein seltsames Murmeln und Regen. Nun fährt Alma verwirrt aus dem Schlafe empor. Da sie die Wälder, Felsen und Palmen sieht, springt sie voller Entsetzen auf und wirft einen dunkeln tödlichen Blick auf Antonio. »Du hast mich verraten, ihr wollt mich bei den Meinigen heimlich wieder aussetzen!« ruft sie aus und schwingt sich behende auf den Bord des Schiffes, um sich ins Meer zu stürzen. Aber Antonio faßte sie schnell um den Leib, sie stutzte und sah ihn erstaunt mit ungewissen Blicken an. Unterdes war auch Alvarez auf dem Verdeck erschienen: »Still, still«, rief er den Leuten zu. »Nur sacht, eh' sie uns drüben merken!« Er ließ die Anker werfen, das Boot wurde leise und geräuschlos heruntergelassen, die

Berge und Klüfte breiteten sich immer mächtiger in der Dämmerung aus. Da zweifelte Antonio selbst nicht länger, daß es auf Alma abgesehn. Ganz außer sich schwang er die arme Verratne auf seinen linken Arm, zog mit der rechten seinen Degen und rief vortretend mit lauter Stimme: es sei schändlich, treulos und undankbar, das Mädchen wider ihren Willen wieder auf die Insel zu setzen, von der sie alle eben erst mit Gefahr ihres Lebens gerettet. Aber er wolle sie bis zu seinem letzten Atemzuge verteidigen und mit ihr stehn oder fallen, wie ein Baum mit seiner Blüte!

Zu seiner Verwunderung erfolgte auf diese tapfere Anrede ein schallendes Gelächter. »Was Teufel machst du denn für ein Geschrei, verliebter Baccalaureus!« sagte Alvarez, »wir wollen hier geschwind, eh' etwa noch die Wilden erwachen, frisches Wasser holen von den unverhofften Bergen, du siehst ja doch, 's ist ein ganz anderes Land!« Nun sah es Antonio freilich auch, freudig und beschämt, denn die Morgenlichter spielten schon über den unbekannten Gipfeln. Alma aber hatte ihn fest umschlungen und bedeckte ihn mit glühenden Küssen. – Die Sonne vergoldete soeben Himmel, Meer und Berge, und in dem Glanze trug Antonio sein Liebchen hurtig in das Boot, das nun durch die Morgenstille nach dem fremden Lande hinüberglitt.

Alma war die erste, die ans Land sprang, wie ein Kind lief sie erstaunt und neugierig umher. Es blitzte noch alles vom Tau, Menschen waren nirgends zu sehen, nur einzelne Vögel sangen hie und da in der Frische des Morgens. Die praktischen Seeleute hatten indes gar bald eine Quelle, Kokos- und Brotbäume in Menge entdeckt, es ärgerte sie nur, daß die liebe Gottesgabe nicht auch schon gebacken war.

Alvarez aber, da heute eben ein Sonntag traf, beschloß, auf dem gesegneten Eilande einige Tage zu rasten, um das Schiff und die Verwundeten und Kranken wieder völlig in Stand zu setzen. Währenddes waren mehrere auf den nächsten Gipfel gestiegen und erblickten überrascht jenseits des Gebirges eine weite lachende Landschaft. Auf ihr Geschrei kam auch der Hauptmann mit Antonio und Alma herbei. »Das ist ja wie in Spanien«, sagte Alvarez erfreut, »hier möcht' ich ausruh'n, wenn's einmal Abend wird und die alten Segel dem Sturme nicht mehr halten.« – Sie konnten der Versuchung nicht widerstehen, die Gegend näher zu betrachten, sie wanderten weiter den Berg hinunter und kamen bald in ein schönes grünes Tal. Auf dem letzten Abhange aber hielten sie plötzlich erschrocken still: Ein einfaches Kreuz stand dort unter zwei schattigen Linden. Da knieten sie alle schweigend nieder, Alma sah sie verwundert an, dann sank auch sie auf ihre Knie in der tiefen Sonntagsstille, es war, als zöge ein Engel über sie dahin.

Als sie sich vom Gebet wieder erhoben, bemerkten sie erst einen zierlichen Garten unter dem Kreuz, den die Bäume von oben verdeckt hatten. Voll Erstaunen sahen sie sehr sorgfältig gehaltene Blumenbeete, Gänge und Spaliere, die Bienen summten in den Wipfeln, die in voller Blüte standen, aber der Gärtner war nirgends zu finden. – Da schrie Alma auf einmal erschrocken auf, als hätte sie auf eine Schlange getreten, sie hatte menschliche Fußstapfen auf dem tauigen Rasen entdeckt. – »Den wollen wir wohl erwischen«, rief Alvarez, und die Wanderer folgten sogleich begierig der frischen Spur. Sie ging jenseits auf die Berge, sie glaubten den Abdruck von Schuhen zu erkennen. Unverdrossen stiegen sie nun zwischen den Felsen das Gebirge hinan, aber bald war die Fährte unter Steinen und Unkraut verschwunden, bald erschien sie wieder deutlich im Gras, so führte sie immer höher und höher hinauf und verlor sich zuletzt auf den obersten Zacken, wie in den Himmel. – »Es ist heut Sonntag, der Gärtner ist wohl der liebe Gott selber«, sagte Alvarez, betroffen in der Wildnis umherschauend.

In dieser Zeit aber war die Sonne schon hoch gestiegen und brannte sengend auf die Klippen, sie mußten die weitere Nachforschung für jetzt aufgeben und kehrten endlich mit vieler Mühe wieder zu den Ihrigen am Strande zurück. Als sie dort ihr Abenteuer erzählten, wollte alles sogleich in das neu entdeckte Tal stürzen. Aber Alvarez schlug klirrend an seinen Degengriff und verbot feierlich allen und jedem, das stille Revier nicht anders als unter seinem eigenen Kommando zu betreten. Denn, sagte er, das sei keine Soldatenspelunke, um dort Karten zu spielen, da stecke was Absonderliches dahinter. – Vergebens zerbrachen sie sich nun die Köpfe, was es mit dem Garten für ein Bewenden habe, denn ein Haus war nirgends zu sehen, und so viel hatten sie schon von den Bergen bemerkt, daß das Land eine, wie es schien, unbewohnte Insel von sehr geringem Umfange war. Man beschloß endlich, sich hier an der Küste ein wenig einzurichten und am folgenden Tage gleich in der frühesten Morgenkühle die Untersuchung gemeinschaftlich fortzusetzen.

Unterdes hatten die Zimmerleute ihre Werkstatt am Meere aufgeschlagen, rings hämmerte und klapperte es lustig, einige schweiften mit ihren Gewehren umher, andere flickten die Segel im Schatten der überhängenden Felsen, während fremde Vögel über ihnen bei dem ungewohnten Lärm ihre bunten Hälse neugierig aus dem Dickicht streckten.

Mit dem herannahenden Abend versammelte sich nach und nach alles wieder unter den Felsen, die Jäger kehrten von den Bergen zurück und warfen ihre Beute auf den Rasen, da lag viel fremdes Getier umher, die Schützen an ihren Gewehren müde daneben. Indem kam ein Soldat, der sich auf der Jagd verspätet, ganz erschrocken aus dem Walde und sagte aus, er sei hinter einem schönen scheuen Vogel weit von hier zwischen die höchsten Felsen geraten, und als er eben auf den Vogel angelegt, habe er plötzlich in der Wildnis ein riesengroßes Heiligenbild auf einer Klippe erblickt, daß ihm die Büchse aus der Hand gesunken. Die ersten Abendsterne am Firmament hätten das Haupt des Bildes wie ein Heiligenschein umgeben, darauf habe es auf einmal sich bewegt und sei langsam wie ein Nebelstreif mitten durch den Fels gegangen, er habe es aber nicht wieder gesehen und vor

Grauen kaum den Rückweg gefunden. – »Das ist der Gärtner, den wir heut früh schon suchten«, rief Alvarez, hastig aufspringend. Dabei traute er nun doch dem unschuldigen Aussehn der Insel nicht und beschloß, noch in dieser Stunde selber auf Kundschaft auszugehen, damit sie nicht etwa mitten in der Nacht unversehens überfallen würden. Das war dem abenteuerlichen Sanchez eben recht, auch Antonio und Alma erboten sich tapfer, den Hauptmann zu begleiten.

Alvarez stellte nun eilig einzelne Posten auf die nächsten Höhen aus, wer von ihnen den ersten Schuß im Gebirge hörte, sollte antworten und auf dieses Signal die ganze Mannschaft nachkommen. Darauf bewaffnete er sorgfältig sich und seine Begleiter, auch Alma mußte einen Hirschfänger umschnallen, jeder steckte aus Vorsicht noch ein Windlicht zu sich, der Soldat aber, der die seltsame Nachricht gebracht, mußte voran auf demselben Wege, den er gekommen; so zog das kleine Häuflein munter in das wachsende Dunkel hinein.

Schon waren die Stimmen unter ihnen nach und nach verhallt, nur manchmal leuchtete das Wachtfeuer noch durch die Wipfel, die Gegend wurde immer kühle und öder. Alma war recht zu Hause hier, sie sprang wie ein Reh von Klippe zu Klippe und half lachend dem steifen Alvarez, wenn ihm vor einem Sprunge graute. Der Soldat vorn aber schwor, daß sie nun schon bald in der Gegend sein müßten, wo er das Bild gesehen. Darüber wurde Sanchez ganz ungeduldig. »Heraus, Nachteule, aus deinem Felsennest!« rief er aus und feuerte schnell sein Gewehr in die Luft ab. Die nahe hohe Felsenwand brach den Schall und warf ihn nach der See zurück, es blieb alles totenstill im Gebirge. – Da glaubten sie plötzlich eine Glocke in der Ferne zu hören, die Luft kam von den Bergen, sie unterschieden immer deutlicher den Klang. Ganz verwirrt blieben nun alle lauschend stehen, über ihnen aber brach der Mond durch die Wolken und beleuchtete die unbekannten Täler und Klüfte, als sie auf einmal eine schöne tiefe Stimme in ihrer Landessprache singen hörten:

»Komm, Trost der Welt, du stille Nacht!
Wie steigst Du von den Bergen sacht,
Die Lüfte alle schlafen,
Ein Schiffer nur noch, wandermüd,
Singt übers Meer sein Abendlied
Zu Gottes Lob im Hafen.

Die Jahre wie die Wolken gehn
Und lassen mich hier einsam stehn,
Die Welt hat mich vergessen,
Da tratst du wunderbar zu mir,
Wenn ich beim Waldesrauschen hier
In stiller Nacht gesessen.

O Trost der Welt, du stille Nacht,
Der Tag hat mich so müd' gemacht,
Das weite Meer schon dunkelt,
Laß ausruhn mich von Lust und Not,
Bis daß das ew'ge Morgenrot
Den stillen Wald durchfunkelt.«

Die Wandrer horchten noch immer voll Erstaunen, als der Gesang schon lange wieder in dem Gewölk verhallt war, das soeben vor ihnen mit leisem Fluge die Wipfel streifte. Alvarez erholte sich zuerst. »Still, still«, sagte er, »nur sachte mir nach, vielleicht überraschen wir ihn.« – Sie schlichen nun durch das Dickicht leise und vorsichtig immer tiefer in den feuchten Nebel hinein, niemand wagte zu atmen – als plötzlich der Vorderste mit großem Geschrei auf einen Fremden stieß, jetzt schrie wieder einer und noch einer auf, manchmal klang es wie Waffengerassel von ferne. Überwacht und aufgeregt, wie sie waren, zog jeder sogleich seinen Degen. Indem sahen sie auch schon mehrere halbkenntlich zwischen den Klippen herandringen, die unerschrockenen Abenteurer stürzten blind auf sie ein, da klirrte Schwert an Schwert im Dunkeln, immer neue Gestalten füllten den

Platz, als wüchse das Gezücht aus dem Boden nach. – In diesem Getümmel bemerkte niemand, wie ein fernes Licht, immer näher und näher, das Laub streifte, auf einmal brach der Widerschein durch die Zweige, den Kampfplatz scharf beleuchtend, und die Fechtenden standen plötzlich ganz verblüfft vor altbekannten Gesichtern – denn die vermeintlichen Wilden waren niemand anders als ihre Kameraden von unten, die verabredetermaßen auf Sanchez' Schuß zu Hilfe gekommen.

»Da ist er!« schrie hier plötzlich der Soldat, der vorhin den Alvarez heraufgeführt. Alle wandten sich erschrocken um: Ein schöner riesenhafter Greis mit langem weißem Bart, in rauhes Fell gekleidet, eine brennende Fackel in der Hand, stand vor ihnen und warf dem Sanchez die Fackel an den Kopf, daß ihn die Funken knisternd umsprühten. »Ruhe da!« rief er; »was treibt euch, hier die Nacht mit wüstem Lärm zu brechen, das wilde Meer murrt nur von fern am Fuß der Felsen, und alle blinden Elemente hielten Frieden hier seit dreißig Jahren in schöner Eintracht der Natur, und die ersten Christen, die ich wiedersehe, bringen Krieg, Empörung, Mord.«

Hier erblickte er Alma, deren Gesicht von der Fackel hell beleuchtet war, da wurde er auf einmal still. – Die erstaunten Gesellen standen scheu im Kreise, sie hielten ihn insgeheim für einen wundertätigen Magier. Diese Pause benutzte Alvarez und trat, seinen Degen einsteckend, einige Schritte vor. »Ihr sollt nicht glauben«, sagte er, »daß wir loses Gesindel seien, das da ermangelt, einem frommen Waldbruder die gebührende Reverenz zu erweisen; mit dem Lärm vorhin, das war nur so eine kleine Konfusion.« – Der Einsiedler aber schien nicht darauf zu hören, er sah noch immer Alma an, dann, wie in Gedanken in dem Kreise umherschauend, fragte er, woher sie kämen? – Das wußte nun Alvarez selber nicht recht und berichtete kurz und verworren von der Frau Venus, von Händeln mit den Wilden, von einem prächtigen Reich, das sie entdeckt, aber wieder verloren. – Der Alte betrachtete unterdes noch einmal alle in die Runde. Nach kurzem Schweigen sagte er darauf: es sei schon dunkle Nacht und seine Klause liege weit von hier, auch habe er oben nicht Raum für so viele unerwartete Gäste, am folgenden Tage aber wollte er sie mit allem, dessen sie zur Reise bedürften, aus dem Überfluß versehen, womit ihn Gott gesegnet. Der Hauptmann solle jetzt die Seinen zum Ankerplatz zurückführen und morgen, wenn sie die Frühglocke hörten, mit wenigen Begleitern wiederkommen.

Die Wandrer sahen einander zögernd an, sie hätten lieber noch heut den Waldbruder beim Wort genommen. Aber in seinem strengen Wesen war etwas Unüberwindbares, das zugleich Gehorsam und Vertrauen erweckte. Er selbst ergriff rasch die Fackel, an der die andern ihre Windlichter anzünden mußten, und zeigte ihnen, voranschreitend, einen von Zweigen verdeckten Felsenweg, der unmittelbar zum Strande führte. Als sie nach kurzem Gange zwischen den Bäumen heraustraten, sahen sie schon das Meer wieder heraufleuchten, tief unter ihnen riefen die zurückgebliebenen Wachen einander von ferne an. – »Mein Gott«, sagte der Einsiedler fast betroffen, »das habe ich lange nicht gehört, es ist doch ein herrlich Ding um die Jugend.« – Dann grüßt' er alle noch einmal und wandte sich schnell in die Finsternis zurück. Unten aber erschraken die Wachen, da sie ein Licht nach dem andern aus den Klüften steigen und durch die Nacht schweifen sahen, als kämen die verstörten Gebirgsgeister den stillen Wald herab.

Der folgende Tag graute noch kaum, da fuhr Alma schon von ihrem bunten Teppich auf, sie hatte vor Freude auf die bevorstehende Fahrt die ganze Nacht nur leise geschlummert und immerfort von dem Gebirge und dem Einsiedler geträumt. Erstaunt sah sie sich nach allen Seiten um, Antonio lag zu ihren Füßen im Gras. Es war noch alles still, die Wachtfeuer flackerten erlöschend im Zwielicht. Da überfiel Alma ein seltsames Grauen in der einsamen Fremde, sie konnt' es nicht lassen, sie stieß Antonio leis und zögernd an. Der verträumte Student richtete sich schnell auf und sah ihr in die klaren Augen. Sie aber wies aufhorchend nach dem Gebirge. Da hörte er hoch über ihnen auch schon die Morgenglocke des Einsiedlers durch die Luft herüberklingen, und bei dem Klange fuhren die Langschläfer an den Feuern, einer nach dem andern, empor. Jetzt trat auch Alvarez schon völlig bewaffnet aus dem Zelte und teilte mit lauter Stimme seine Befehle für den kommenden Tag aus. Sanchez sollte heute das Kommando am Strande führen, er mochte ihn nicht wieder auf die Berge mitnehmen, da er ihm überall unverhofften Lärm und Verwirrung anrichtete. Bald wimmelte es nun wieder bunt über den ganzen Platz, und ehe noch die Sonne sich über dem Meere erhob, brach der Hauptmann schon, nur von Alma und Antonio begleitet, zu dem Waldbruder auf.

Alma hatte sich alle Stege von gestern wohl gemerkt und kletterte munter voraus. Antonio trug mühsam ein großes dickes Buch unter dem Arme, in welchem er mit jugendlicher Wißbegierde und Selbstzufriedenheit merkwürdige Pflanzen aufzutrocknen und zu beschreiben pflegte. Alma meinte, er mache Heu für den Schiffsesel, und brachte ihm Disteln und anderes nichtswürdiges Unkraut in Menge. Das verdroß ihn sehr, er suchte ihr in aller Geschwindigkeit einen kurzen Begriff von dem Nutzen der Wissenschaft beizubringen. Aber sie lachte ihn aus und steckte sich die schönsten frischen Blumen auf den Hut, daß sie selbst wie die Gebirgsflora anzusehen war. – Auf einmal starrten alle überrascht in die Höh. Denn fern auf einem Felsen, der die andern Gipfel überschaute, trat plötzlich der Einsiedler mitten ins Morgenrot, als wär' er ganz von Feuer; er schien die Wandrer kaum zu bemerken, so versunken war er in den Anblick des Schiffs, das unten ungeduldig wie ein mutiges Roß auf den Wellen tanzte. Jetzt fiel es dem Alvarez erst aufs Herz, daß er ein verkleidetes Mädchen zu dem frommen Manne mit heraufbringen wolle. Er bestand daher ungeachtet Antonios Fürbitten darauf, daß Alma zurückkehren und ihre Wiederkehr unten erwarten sollte. Sie war betroffen und traurig darüber; als sie aber endlich die Skrupel des Hauptmannes begriff, schien sie schnell einen heimlichen Anschlag zu fassen, sah sich noch einmal genau die Gegend an und sprang dann, ohne ein Wort zu sagen, wieder nach dem Lagerplatze hinab.

Unterdes hatte der Einsiedler oben die Ankommenden gewahrt und wies ihnen durch Zeichen den nächsten Pfad zu dem Gipfel, wo er sie mit großer Freude willkommen hieß. »Laßt uns die Morgenkühle noch benutzen«, sagte er dann nach kurzer Rast und führte seine Gäste sogleich wieder weiter zwischen die Berggipfel hinein. Sie gingen lange an Klüften und rauschenden Bächen vorüber, sie erstaunten, wie rüstig ihr Führer voranschritt. So waren sie auf einem hochgelegenen freien Platze angekommen, der nach der Gegend, wo das Schiff vor Anker lag, von höhern Felsen und Wipfeln ganz verschattet war; von der andern Seite aber sah man weit in die fruchtbaren Täler hinaus, während zu ihren Füßen der Garten heraufduftete, den sie schon gestern zufällig entdeckt hatten. – »Das ist mein Haus«, sagte der Einsiedler und zeigte auf eine Felsenhalle im Hintergrund. Die Morgensonne schien heiter durch die offene Tür und beleuchtete einfaches Hausgerät und ein Kreuz an der gegenüberstehenden Wand, unter dem ein schönes Schwert hing. Die Ermüdeten mußten sich nun auf die Rasenbank vor der Klause lagern, der Einsiedler aber brachte zu ihrer Verwunderung Weinflaschen und köstliches Obst, schenkte die Gläser voll und trank auf den Ruhm Altspaniens. Unterdes hatte der Morgen ringsum alles vergoldet und funkelte lustig in den Gläsern und Waffen, ein Reh weidete neben ihnen, und schöne bunte Vögel flatterten von den Zweigen und naschten vertraulich mit von dem Frühstück der Fremden.

Hier saßen sie lange zusammen in der erfrischenden Kühle. Der Einsiedler erkundigte sich nach ihrem gemeinschaftlichen Vaterlande, aber er sprach von so alten Zeiten und Begebenheiten, daß ihm fast nur Antonio aus seinen Schulbüchern noch Bescheid zu geben wußte. Da sie ihn aber so heiter sahen, drangen sie endlich in ihn, ihnen seinen eigenen Lebenslauf, und wie er auf diese Insel gekommen, ausführlich zu erzählen. Da besann er sich einen Augenblick: »Es ist mir alles nur noch wie ein Traum«, sagte er darauf, »die fröhlichen Gesellen meiner Jugend, die sich daran ergötzen könnten, sind lange tot, andere Geschlechter gehen unbekümmert über ihre Gräber, und ich stehe zwischen den Leichensteinen allein wie in tiefem Abendrote. Doch sei es drum, ich schwieg so lange Zeit, daß mir das Herz recht aufgeht bei den heimatlichen Lauten; ich will euch von allem treulich Kunde geben, vielleicht erinnert sich doch noch jemand meiner, wenn ihr's zu Hause wiedererzählt.« So rückten sie denn im Grünen näher zusammen, und der Alte hub folgendermaßen an:

»Die letzte Macht der Mohren war zertrümmert, die Zeit war alt und die Waffen verklungen, unsere Burgen standen einsam über wallenden Kornfeldern, das Gras wuchs auf den Zinnen, da blickte mancher vom Walle übers Meer und sehnte sich nach einer neuen Welt. Ich war damals noch jung, vor meiner Seele dämmerte bei Tag und Nacht ein wunderbares Reich mit blühenden Inseln und goldenen Türmen aus den Fluten herauf – so rüstete ich freudig ein Schiff aus, um es zu erobern.

Was soll ich euch von den ersten Wochen der Fahrt erzählen, von den vorüberfliegenden Küsten, von der Meereseinsamkeit und den weitgestirnten prächtigen Nächten, ihr kennt's ja so gut wie ich. Es sind jetzt gerade dreißig Jahre, es war des Königs Namenstag, wir fuhren auf offner unbekannter See. Ich hatte zur Gedächtnisfeier des Tages ein Fest auf dem Verdeck bereitet, die Tische waren gedeckt, wir saßen unter bunten Fahnen in der milden Luft, einige sangen spanische Lieder zur Zither, glänzende Fische spielten neben dem Schiff, ein frischer Wind schwellte die Segel. Da, indem wir so der fernen Heimat gedachten, sahen wir auf einmal verflogene Paradiesvögel über uns durch die klaren Lüfte schweifen, alle hielten's für die Verheißung eines nahen Landes. ›Und was für ein Land muß das sein‹, rief ich aufspringend, ›wo der Wind solche Blüten herüberweht!‹ Wir hofften alle, das wunderbare Eldorado zu entdecken. Aber mein Lieutenant, ein junger, stiller und finsterer Mann, entgegnete in seiner melancholischen Weise: das Eldorado liege auf dem großen Meere der Ewigkeit, es sei töricht, es unter den Wolken zu suchen – das verdroß mich. Ich schenkte rasch mein Glas voll. ›Wer's hier nicht sucht, der findet's nimmer‹, rief ich, ›durch! und wenn's am Monde hinge.‹ Aber wie ich anstieß, sprang mein Glas mitten entzwei, mir graute – da rief's auf einmal vom Mastkorbe: ›Land!‹

Alles fuhr nun freudig erschrocken auf, wir waren fern von allen bekannten Küsten, es mußte ein ganz fremdes Land sein. Wir sahen erst nur einen Nebelstreif, dann allmählich wuchs und dehnte sich's wie ein Wolkengebirge. Unterdes aber kam der Abend, die Luft dunkelte schläfrig und verdeckte alles wieder. – Wir gingen nun so nah am Strande als möglich vor Anker, um mit Tagesanbruch zu landen. O der schönen erwartungsvollen Nacht! Es war so still, daß wir die Wälder von der Küste rauschen hörten, ein köstlicher Duft von Kräutern wehte herüber, im Walde sang ein Vogel mit fremdem Schalle, manchmal trat der Mond plötzlich hervor und beleuchtete flüchtig wunderbare Gipfel und Klüfte.

Als endlich der Morgen anbrach, standen wir schon alle wanderfertig auf dem Verdecke vor dem blitzenden Eilande. Ich werde den Anblick niemals vergessen – mir war's, als schlüge die strenge Schöne, die ich oft im Traume gesehen, ihre Schleier zurück und ich säh' ihr auf einmal in die wilden dunklen Augen. – Wir landeten nun und richteten uns fröhlich am Fuß des Gebirges ein, ich aber machte sogleich mit mehreren Begleitern einen Streifzug ins Land. Wir fanden alles wild und schön, fremde Tiere flogen scheu vor uns in das Dickicht, weiterhin stießen wir auf ein Dorf in einem fruchtbaren Felsentale, die Schmetterlinge flatterten friedlich in den blühenden Bäumen, aber die Hütten waren leer und alles so still in der Einsamkeit zwischen den Klüften und Wasserfällen, als wäre der Morgen der Engel des Herrn, der die Menschen aus dem Paradiese gejagt und nun zürnend mit dem Flammenschwerte auf den Bergen stände.

Als ich zurückkehrte, ließ ich der Vorsicht wegen einige Feldschlangen vom Schiffe bringen und unsern Lagerplatz verschanzen, da ich beschlossen hatte, das Land genau zu durchforschen. So war die Nacht herangekommen. Ich hatte wenig Ruh vor schweren seltsamen Träumen, und als ich das eine Mal aufwachte, war unser Wachtfeuer fast schon ausgebrannt, es konnte nicht mehr weit vom Tage sein. Ich begab mich daher zu den äußersten Posten, die ich am Abend ausgestellt, die waren sehr erfreut, mich zu sehen, denn sie hatten die ganze Nacht über eine wunderliche Unruhe im Gebirge bemerkt, ohne erraten zu können, was es gebe. Ich legte mich mit dem Ohr an den Boden, da war's zu meinem Erstaunen, als vernähm' ich den schweren Marsch bewaffneter Scharen in der Ferne. Manchmal erschallte es weit in den Bäumen wie Nachtgeflügel, das aufgeschreckt durch die Zweige bricht, dann war alles wieder still. Indem ich aber noch so lauschte, hör' ich auf einmal ein Flüstern dicht neben mir im Dunkeln. Ich trat einige Schritte zurück, meine Jagdtasche war mit Feuerwerk wohl versehen, ich warf schnell eine Leuchtkugel nach dem Gebirge hinaus. Da bot sich uns plötzlich der wunderbarste Anblick dar; bei dem hellen Widerschein sahen wir einen furchtbaren Kreis bewaffneter dunkler Gestalten, lauernd an die Palmen gelehnt, hinter Steinen im Dickicht, Kopf an Kopf bis tief in den finsteren Wald hinein. Alle Augen folgten dem feurigen Streif der Leuchtkugel, und als sie prasselnd in der Luft zerplatzte, richteten sich mehre auf und betrachteten erstaunt die funkelnden Sterne, die im Niedersinken die Wipfel vergoldeten. Unterdes waren auf das Feuerzeichen die Unsrigen, die auf meinen Befehl bekleidet und mit den Waffen geruht hatten, erschreckt und noch halbverschlafen herbeigeeilt. Als nun die Wilden das Wirren und ängstliche Hin- und Herlaufen bemerkten, sprangen sie plötzlich aus ihrem Hinterhalt, ein Hagel von Speeren und Steinen flog hinter ihnen drein, ich hatte kaum Zeit, die Meinigen zu ordnen. Ich ließ fürs erste nur blind feuern, die Eingeborenen stutzten, da sie sich aber alle unversehrt fühlten, lachten sie wild und griffen nun um so wütender an. Eine zweite scharfe Ladung empfing die Verwegenen, wir sahen einige von ihnen getroffen sinken, die Hintersten aber gewahrten es nicht und drängten immer unaufhaltsamer über die Gefallenen vor. Mehrere von den Unsrigen wollten unterdes mitten in dem Getümmel ein Weib mit fliegendem Haar gesehen haben, die wie ein Würgengel unter ihren eigenen Leuten die Zurückweichenden mit ihrem Speer durchbohrte, es entstand ein dumpfes scheues Gemurmel von einer schönen wilden Zauberin, die Meinigen fingen an zu wanken. Jetzt zauderte ich nicht länger, ich befahl, unsere Feldschlange loszubrennen, der Schuß weckte einen anhaltenden furchtbaren Widerhall zwischen den Bergen und riß eine breite Lücke in den dichtesten Haufen der Wilden. Das entschied den Kampf; wie vor einer unbegreiflichen übermenschlichen Gewalt standen sie eine Zeitlang regungslos, dann wandte sich auf einmal die ganze Schar mit durchdringendem Geheul, durch den Pulverdampf sahen wir sie ihre Toten und Verwundeten auf den Rücken eilig fortschleppen, und in wenigen Minuten war alles zwischen dem Unkraut und den Felsenritzen wie ein Nachtspuk in der Morgendämmerung verschlüpft, die nun allmählich wachsend das Gebirge erhellte.

Wir standen noch ganz verwirrt, wie nach einem unerhörten Traume. Ich ließ darauf die Verwundeten zurückbringen und sammelte die Frischesten und Kühnsten, um den Saum des Waldes von dem Gesindel völlig zu säubern. So schritten wir eben vorsichtig in die Berge hinein, als plötzlich auf einem Felsen über uns zwischen den Wipfeln eine hohe schlanke Mädchengestalt von so ausnehmender Schönheit erschien, daß alle, die auf sie zielten, ihre Arme sinken ließen. Sie war in ein buntgeflecktes Pantherfell gekleidet, das von einem funkelnden Gürtel über den Hüften zusammengehalten wurde, mit Bogen und Köcher, wie die heidnische Göttin Diana. Sie redete uns furchtlos und, wie es schien, zürnend an, aber keiner verstand die Sprache, und der Klang ihrer Stimme verhallte in den Lüften, bis sie endlich selbst zwischen den Bäumen wieder verschwand.

Mein Lieutenant insbesondere war von der wunderbaren Erscheinung ganz verwirrt. Er pflegte sonst nicht viel Worte zu machen, jetzt aber funkelten seine Augen, ich hatte ihn noch nie so heftig gesehn. Er nannte das Mädchen eine teuflische Hexe, man müsse sie tot oder lebendig fangen und verbrennen, er selbst erbot sich, sogleich Jagd auf sie zu machen. Ich verwies ihm seine unsinnige Rede. Wir brauchten, sagte ich, vor allem einige Tage Ruh und frische Lebensmittel, dazu müßten wir jetzt Frieden halten mit den Eingeborenen. Der Lieutenant aber war bei seinem stillen Wesen leicht zum Zorne zu reizen, er hieß mich selber des Teufels Zuhalter und verschwor sich, wenn ihm keiner beistehn wollte, das christliche Werk allein zu vollbringen. Und mit diesen Worten stieg er eilig das Gebirge hinan, ehe wir ihn zurückhalten konnten. Vergebens riefen wir ihm warnend, bittend und drohend nach, ich selbst durchschweifte mit vielen andern fruchtlos die nächsten Berge, es sah ihn niemand wieder.

Dieses ganz unerwartete Ereignis machte mir große Sorge, denn entweder wandte der Unglückliche durch sein Unternehmen das kaum vorübergezogene Ungewitter von neuem auf uns zurück, oder ich verlor, was wahrscheinlicher war, einen redlichen und tapferen Offizier. Das letzte schien leider zutreffen zu wollen, denn alle unsere Nachforschungen blieben ohne Erfolg, mehrere Tage waren seitdem vergangen, meine Leute gaben ihn schon auf. Da beschloß ich endlich, mir um jeden Preis Gewißheit über sein Schicksal zu verschaffen. Ich ließ unser Lager abbrechen, lichtete die

Anker und segelte, mich immer möglichst dicht zum Lande haltend, weiter an der Küste herab.

Wir fuhren nun abwechselnd an wilden und lachenden Gestaden vorüber, aber wo wir auch ans Land stiegen, sahen wir's verlassen, die Eingeborenen flohen scheu vor uns in die Wälder, von dem Lieutenant war keine Spur zu entdecken. – So hatten wir uns einmal beim ersten Morgengrauen in einem von Bergen umgebenen Tale gelagert, das mir besonders anmutig und reich bevölkert schien, wie ich aus den vielen Stimmen abnahm, die wir nachts von der Küste gehört hatten. Ich ließ unsern Lagerplatz sogleich mit Zweigen eines Baumes bestecken, von dem ich wußte, daß er in diesen Weltgegenden als Zeichen des Friedens und der Freundschaft angesehen wird, flatternde Bänder und bunte Teppiche wurden ringsum an Stangen ausgehängt, unsere Spielleute mußten dazu musizieren, das klang gar lustig in der Einsamkeit, die nun schon von der schönsten Morgenröte nach und nach erhellt wurde. Ich hatte mich in meiner Erwartung auch nicht getäuscht, denn es währte nicht lange, so erschienen einzelne Wilde neugierig hie und da wie Raben an den Klippen, jetzt erkannten wir auch im steigenden Morgen die Gegend ringsumher, fruchtbare Gründe, Wasserfälle und wunderbar gezackte Felsen, die wie Burgen über den Wäldern hingen.

Bald darauf aber sahen wir es fern am Saum des Waldes in der Morgensonne schimmern. Ein unübersehbarer Zug von Wilden bewegte sich jetzt unter den Bäumen die nachtkühlen Schlüfte herab, voran schwärmten hohe schlanke Burschen über den beglänzten Wiesengrund, die gewandt ihre blinkenden Speere in die Luft warfen und wieder auffingen. So im künstlichen Kampfspiel bald sich verschlingend, bald wieder auseinanderfliegend, nahten sie sich langsam unserm Lager, dazwischen sang der Zug ein rauhes, aber gewaltiges Lied, und sooft sie schwiegen, gaben andere von den Bergen Antwort.

Ich wußte nicht, was ich von dem seltsamen Beginnen halten sollte. Mir war aber alles daran gelegen, mit ihnen in ein friedliches Verständnis zu kommen. Ich hieß daher meine Leute die Feldschlange laden und sich kampffertig halten, während ich selber allein den Ankommenden entgegenging, das grüne Reis hoch über meinem Hute schwenkend. Da gewahrte ich an der Spitze des Zuges mehrere schöne junge Männer in kriegerischem Schmuck, die über ihren Köpfen breite Schilde wie ein glänzendes Dach emporhielten. Auf diesen aber erblickte ich zu meinem Erstaunen das Wundermädchen wieder, die wir damals auf dem Felsen gesehn. Mit dem schlanken Pantherleib, zu beiden Seiten von den langen dunklen Locken umwallt, ruhte sie in ihrer strengen Schönheit wie eine furchtbare Sphinx auf den Schilden.

Kaum aber hatte sie mich erblickt, als sie sich rasch von ihrem Sitze schwang und auf mich zueilte, die turnierenden Burschen stoben zu beiden Seiten auseinander und senkten ehrerbietig die Lanzen vor ihr – es war die Königin des Landes.

Sie trat, während die anderen in einem weiten Halbkreise zurückblieben, mitten unter uns mit einem Anstande, der uns alle erstaunen machte, und betrachtete mich, als den vermeintlichen König der Fremden, lange Zeit mit ernsten Blicken. Ich ließ ihr einen bunten Teppich zum Sitze über den Rasen breiten und überreichte ihr dann ein Geschenk von Glaskorallen, Tüchern und Bändern. Sie nahm alles wie einen schuldigen Tribut an, ohne sich jedoch, nach einem flüchtigen Blick darauf, weiter darum zu bekümmern, ihre Seele schien von ganz andern Gedanken erfüllt. Unterdes war auch ihr Gefolge nach und nach vertraulicher geworden. Einzelne näherten sich den Unsrigen, einer von ihnen benutzte die Verwirrung, rollte schnell einen Teppich auf und entfloh damit nach dem Walde. Die Königin bemerkte es, rasch aufspringend zog sie einen Pfeil aus ihrem Köcher und durchbohrte den Fliehenden, daß er tot ins Gras stürzte; da hing die ganze Schar wie eine dunkle Wolke wieder unbeweglich am Saume des Waldes.

Mir graute, sie aber wandte sich von neuem uns zu, ihre

Blicke spielten umher, sie schien etwas mit den Augen zu suchen. Endlich erblickt sie's: Es war unsere Feldschlange. Sie betrachtete sie mit großer Aufmerksamkeit, auf ihr Begehren mußte ich sie wenden und losbrennen lassen. Bei dem Knall stürzten die Eingeborenen zu Boden, das Mädchen schauerte kaum und stand wie eine Zauberin in dem ringelnden Dampf. Dann aber flog sie pfeilschnell nach der Gegend, wohin der Schuß gelassen. Ich folgte ihr, denn es erschien mir ratsam, ihr die unwiderstehliche Gewalt unseres Geschützes begreiflich zu machen. Es war ein abgelegener Ort tief im Walde, wo die Kugel einen Baum zerschmettert hatte; Stamm und Äste lagen zerrissen umher, wie vom Blitz gespalten. – Als sich die Königin von der furchtbaren Wirkung des Schusses überzeugt hatte, wurde sie ganz nachdenklich und traurig; wie vernichtet setzte sie sich auf den Rasen hin. So saß sie lange stumm, ich hatte sie noch nicht so nah gesehen, nun fesselte mich ihre Schönheit, und ganz verwirrt und geblendet drückte ich flüchtig ihre Hand. Da wandte sie fast betroffen ihr Gesicht nach mir herum und sprang dann plötzlich wild auf, daß ich zusammenschrak. Sie eilte nach unserm Lagerplatz zurück, dort hatte sie, eh' ich's noch verhindern konnte, unsere Schiffsfahne ergriffen und schwenkte sie hoch in der Luft, uns alle auf ihre Berge einladend. Ich hatte kaum noch Zeit genug, die nötigen Wachen am Strande anzuordnen, denn sie flog schon mit dem weißen flatternden Banner voran. Von Zeit zu Zeit, während wir vorsichtig folgten, erschien sie über den Wipfeln auf überhängenden Felsen, daß uns grauste, und sooft sie oben sichtbar wurde, jauchzten die Eingeborenen ihr zu, und ihre Hörner schmetterten dazwischen, daß es weit im Gebirg widerhallte.

Ich übergehe hier unsern Empfang und ersten Aufenthalt auf diesen Felsen, die scheue Gastfreundschaft der Wilden, unser Lagern über den Klüften, die herrlichen Morgen und die wunderbaren Nächte – es ist mir von allem nur noch das Bild der Königin in der Seele zurückgeblieben. Denn sie selber war wie das Gebirge, in launenhaftem Wechsel bald scharf gezackt, bald samtgrün, jetzt hell und blühend bis in den fernsten tiefsten Grund, dann alles wieder grauenhaft verdunkelt. Wie oft stand ich damals auf den Bergen und schaute in das blaue Meer! Den Lieutenant hatte ich lange aufgegeben, der Wind wehte günstig, alles war zur Abfahrt bereit – und doch mußte ich mich immer wieder zurückwenden in jene wildschöne Einsamkeit.

In dieser Zeit schweifte ich oft mit der Königin auf der Jagd umher. Auf einem solchen Streifzuge war ich eines Tages weit von ihr abgekommen. Vergebens rief ich ihren Namen, die Täler unten ruhten schwül, nur der Widerhall gab Antwort zwischen den Felsen. Auf einmal erblickte ich sie fern im Walde, es war, als ginge jemand unter den Bäumen eilig von ihr fort. Als ich aber hinaufkam, war alles wieder still; dann aber hörte ich sie singen über mir, eine so wunderbare Melodie, daß es mir die Seele wandte. So verlockte sie mich immer weiter in die Wildnis, ihr Lied war auch verklungen, kein Vogel sang mehr in dieser unwirtbaren Höhe – da, wie ich mich einmal plötzlich wende, steht sie auf einer Klippe in der Waldesstille, den Bogen lauernd auf mich angelegt. – Ich starrte sie erschrocken an, sie aber lachte und ließ den Bogen sinken, zwischen den Wasserfällen im Widerschein der Abendlichter zu mir herabsteigend. – Es war eine öde Gebirgsebene hoch über allen Wäldern, der Abend dunkelte schon. Sie setzte sich zu mir ins Gras, mir graute, denn um ihren Hals bemerkte ich eine Perlenschnur von Zähnen erschlagener Feinde. Und dennoch wandte ich keinen Blick von ihr, gleichwie man gern in ein Gewitter schaut. So lag ich, den Kopf in meine Hand gestützt, ganz in den Anblick ihrer wunderbaren Erscheinung versunken. Da sie's aber gewahrte, wandte sie sich plötzlich von mir, schwenkte aufspringend ihren Jagdspeer über sich und sang ein seltsames Lied, es waren in unserer Sprache etwa folgende Worte:

›Bin ein Feuer hell, das lodert
Von dem grünen Felsenkranz,
Seewind ist mein Buhl und fodert
Mich zum lust'gen Wirbeltanz,
Kommt und wechselt unbeständig.
Steigend wild,
Neigend mild,
Meine schlanken Lohen wend' ich,
Komm nicht nah mir, ich verbrenn' dich!‹«

Bei diesen Worten versank Antonio in Nachsinnen, es war offenbar dasselbe Lied, das damals Alma tanzend auf dem Schiff gesungen. Er mochte aber jetzt den Einsiedler nicht unterbrechen, der in seiner Erzählung folgendermaßen fortfuhr:

»Dieser Abend gab den Ausschlag. Damals tat ich einen heimlichen Schwur, mich selber für die Königin zu opfern. Ich gelobte, Europa zu entsagen für immer, um sie und ihr Volk zum Christentum zu bekehren und dann mit ihr das Eiland zu regieren zu Gottes Ehre. – Ich Tor, ich bildete mir ein, den Himmel zu erobern, und meinte doch nur das schöne Weib! Mein Plan war bald gemacht. Erst mußt' ich sichern Boden haben unter mir. Unter meinen Leuten befanden sich geschickte Werkmeister aller Art; Holz, Steine, und was zum Bauen nötig, lag verworren umher, ich ließ sie rasch zugreifen und auf dem Vorgebirg, welches das ganze Land beherrschte, eine feste Burg errichten zu Schutz und Trutz und pflanzte einen Garten daneben nach unserer Weise.

Nur wenigen von den Meinen hatte ich das eigentliche Vorhaben angedeutet, die andern blendete das Gold, das überall verlockend durch den grünen Teppich der Insel schimmerte. Die Königin wußte nicht, wie ihr geschah, erst wollte sie's hindern, dann stutzte sie und staunte, und während sie noch so zögernd sann und schwankte, wuchsen die Hallen und Bogen und Lauben ihr schon über dem Haupt zusammen, und alles schoß üppig auf und rauschte und blühte, als sollt' es ein ewiger Frühling sein.

Dazumal an einem Sonntage besichtigte ich das neue Werk, meine Leute waren lustig im Grünen zerstreut, ich hatte Wein unter sie verteilen lassen, denn morgen sollten die Kanonen vom Schiff auf die Mauern gebracht und die Burg feierlich eingeweiht werden. Ich ging durch den einsamen Hof und freute mich, wie die jungen Weinranken überall an den Pfeilern und Wänden hinaufkletterten. Es war ein schwüler Nachmittag, die Bäume flüsterten so seltsam über die Mauer, die Arbeit ruhte weit und breit, nur manchmal schlüpfte eine bunte Schlange durch das Gras, während einzelne Wolken träg und müßig über die Gegend hinzogen. Draußen aber schillerte der junge Garten im Sonnenglanze, wie mit offenen Augen schlafend, als wollt' er mir im Traum etwas sagen. Ich trat hinaus und streckte mich endlich ermattet vor dem Tor unter die blühenden Bäume, wo mich die Bienen gar bald in Schlummer summten. – So mochte ich lange geschlafen haben, als ich plötzlich Stimmen zu hören glaubte.

Ich bog die Zweige auseinander und erblickte wirklich mehrere Eingeborne im Burghof, sie strichen, heimlich und scheu umherschauend, an den Mauern hin, ich erkannte die Häuptlinge der Insel an ihrem Schmuck. Im ersten Augenblick glaubte ich, es gelte mir, aber sie konnten mich nicht bemerken. Zu meinem Entsetzen aber gewahre ich nun auch unseren Lieutenant mitten unter ihnen mit verworrenem Bart, bleich und verwildert wie ein Gespenst, er redet geläufig ihre Mundart, sie sprechen leise und lebhaft untereinander. Darauf alles auf einmal wieder totenstill – da erblicke ich die Königin am jenseitigen Tor, in ihrem Pantherkleid mit dem Bogen, ganz wie ich sie zum ersten Mal gesehen. Sie macht mit ihrem Pfeile wunderliche Zeichen in die Luft, und plötzlich, schnell und lautlos, ist alles wieder zerstoben. – Ich rieb mir die Augen, die ganze Erscheinung war mir wie ein Spuk.

Als ich mich ein wenig besonnen, sprang ich hastig auf, da ich aber an den Bergrand trat, stand schon der Abend dunkelrot über der Insel, aus dem Waldgrunde unter mir hörte ich die Meinigen singen. Ich eilte sogleich nach der Gegend des Gebirges hin, wo die Königin mit den Häuptlingen verschwunden war. Da sah ich jemand fern unter den Bäumen sich ungewiß bewegen, bald rasch vortretend, bald wieder zögernd und unschlüssig zurückkehrend. Auf einmal kam er wie rasend auf mich hergestürzt – es war der Lieutenant. ›Fort, fort!‹ schrie er, ›die Nacht bricht schon herein, laßt alles stehn, werft euch auf euer Schiff und flieht, nur fort!‹ – Mir flog eine schreckliche Ahnung durch die Seele. ›Überläufer!‹ rief ich, meinen Degen ziehend, ›du hast uns verraten, das Kainszeichen brennt dir blutrot an der Stirn!‹ – ›Wo, wo brennt's?‹ entgegnete er erschrocken, sich wild nach allen Seiten umsehend. – ›Aus deinen Augen lodert es versengend‹, sagte ich; – ›das ist nicht wahr‹, erwiderte er, ›im Walde brennt's unter meinen Füßen, in meinem Haar, in meinen Eingeweiden brennt's!‹, und mit diesen Worten ergriff er sein Schwert und drang verzweifelt auf mich ein. ›Hier, Aug' in Aug', sieh nicht so scheu hinweg!‹ rief ich ihm zu. Ich weiß nicht, täuschte mich die Dämmerung, aber mir war's, als böt' er recht mit Herzenslust die entblößte Brust oft wehrlos meiner Degenspitze – mir graute, ihn zu morden.

Da, während wir so fechten, tritt auf einmal die Königin aus dem Walde und mitten zwischen uns. Der Lieutenant, da er sie erblickt, taumelt wie geblendet einige Schritte zurück. Dann seinen Degen plötzlich zu ihren Füßen niederwerfend, ruft er aus: ›Da nimm's, ich *kann* nicht!‹ Und in demselben Augenblick bricht er zusammen, auf den Boden schlagend. – Die Königin aber neigte sich über ihn und nannte ihn beim Namen so lieblich mit dem wunderbaren Klange ihrer Stimme, daß er verwirrt den Kopf erhob und lauschte. Da setzte sie mutwillig ihren Fuß auf seinen Nacken; ›geh nur, geh‹, sagte sie, und ein spöttisches Lächeln flog um ihren Mund. Und zu meinem Erstaunen raffte nun der Lieutenant, seinen Degen fassend, sich rasch wieder empor, seine Kleider waren mit Blut bespritzt von einer leichten Wunde am Arm, aber er bemerkte es nicht. So stürzte er von neuem fort in den Wald, und ein blutiger Streif bezeichnete seine Spur im Grase.

Nun wandte sich die Königin wieder zu mir, ich fragte sie, wo der Lieutenant so lange gewesen? Sie schien zerstreut und gab verworren Antwort. Drauf fragte ich, wohin sie ging? – ›Auf den Anstand‹, entgegnete sie lachend, ›der Wind weht vom Gebirge, da wechselt das Wild, es gibt heut ein lustiges Jagen!‹ Jetzt traten wir droben aus dem Gestrüppe, da sah ich tief unter uns meine gesamte Mannschaft, in buntem Gemisch mit vielen Eingeborenen um Becher und Würfelspiel gelagert. Von der einen Seite ragte meine halbfertige Burg über die Wipfel, die Luft dunkelte schon, Vögel schwärmten kreischend um die Mauern. – Ich hatte keine Ruh, es trieb mich zu den Meinen, die Königin führte mich auf dem nächsten Wege hinab. Sie lauschte oft in die Ferne, da hörte ich Stimmen, bald da, bald dort ein Laut, dann sah ich Rauchsäulen im Walde aufsteigen, ich hielt es für Höhenrauch nach dem schwülen Tage. Unterdes aber kam die Nacht und der Mond, die Bäche rauschten im Dunkeln neben uns, die Königin wurde immer schöner und wilder, sie riß am Wege leuchtende Blumen ab und kränzte sich und mich damit; so stieg sie mit mir von Klippe zu Klippe, selber wie die Nacht. Nun standen wir am letzten Abhange, schon konnte ich die Stimmen der Meinigen im Waldgrunde unterscheiden, da trat sie plötzlich vor mir auf den Fels hinaus und schleuderte ihren Jagdspeer übers Tal. Kaum aber sahen die unten zerstreuten Wilden ihn funkelnd blitzen über sich, so sprangen alle jauchzend auf und warfen sich wie Tigerkatzen über meine Leute, die sich der Tücke nicht versahen. Jetzt wurde mir auf einmal alles schrecklich klar. Ich zog und hieb voll Zorn erst nach der Königin, sie aber flog schon ferne durch den Wald, so stürzt' ich nun den Meinigen zu Hilfe. Diese waren hart bedrängt, nur wenige hatten so schnell zu ihren Waffen gelangen können, ich sammelte, so gut es ging, die Verwirrten, meine unerwartete Gegenwart belebte alle, und in kurzer Zeit war das verräterische Gesindel wieder verjagt.

 Aber rings am Saume des Waldes schwoll und wuchs nun die Schar unermeßlich, zahllose dunkle Gestalten mit Feuerbränden wirrten sich kreuzend durch die Nacht und steckten in grauenvoller Geschäftigkeit ringsum die Wälder an. Die Sonne hatte wochenlang gesengt über dem Lande, da griff das Feuer, an den Felswänden auf- und niedersteigend, lustig in die alten Wipfel, der Sturm faßte und rollte die Flammen auf, wie blutige Fahnen, in der entsetzlichen Beleuchtung sah ich die Königin auf ihren Knien, als wollte sie die Lohen auf uns wenden mit ihrem schrecklichen Gebet. Kaum noch vermochten wir zu atmen in dem Rauch, der von Pfeilen schwirrte, von allen Seiten rückt' es rasch heran, das Schrein, das sprühende Knistern und Prasseln, nur manchmal von dem Donner stürzender Bäume unterbrochen; schon lief das Feuer in dem verdorrten Heidekraut über den Waldgrund, uns immer enger umzingelnd mit seinem furchtbaren Ringe. Da in der höchsten Not teilte der Wind auf einen Augenblick den Qualm, und wir gewahrten plötzlich eine dunkle Furt in den Flammenwogen. Ein reißender Waldstrom rang dort mit dem wilden Feuermanne, der zornig Wurzeln, Stämme und Kronen darübergeworfen hatte. Das rettete uns, wir eilten über die lodernden Brücken und erreichten in der allgemeinen Verwirrung glücklich das Meer, eh' uns der große Haufen bemerkte.

 Als wir aber an den Strand kamen, sahen wir zu unserm Schrecken unser Boot schon von Eingebornen besetzt. Die Königin war's mit vielen bewaffneten Häuptlingen, sie schienen von unserm Schiffe herzukommen und sprangen soeben leis und heimlich ans Land. Da sie uns erblickten, nicht weniger überrascht als wir, umringten sie eiligst ihre Königin und suchten uns in die Flammen zurückzutreiben. Auf diesem einsamen Platze aber waren wir die Mehrzahl, es entstand ein verzweifelter Kampf, denn unser aller Leben hing an einer Viertelstunde. Vergebens streckte die Königin mit ihrem tödlichen Geschoß meine kühnsten Gesellen zu Boden, die Häuptlinge fochten sterbend noch auf den Knien, und als der letzte sank, schwang ich die Schreckliche gewaltsam auf meinen Arm und stürzte mich mit ihr und den wenigen, die mir geblieben, in das Boot. – Es war die höchste Zeit, denn schon drangen die Eingebornen aus allen Felsenspalten und brennenden Waldtrümmern wie ein Schwarm Salamander auf uns ein, und kaum hatten wir den Bord des Schiffs erklommen, so wimmelte die See von unzähligen bewaffneten Nachen. Ich ließ schnell die Anker lichten, ein frischer Wind schwellte die Segel, die Wilden folgten und bedeckten das Schiff mit einem Pfeilregen.

Nun aber brach auf dem Schiffe selbst der rohe Grimm der verwilderten Soldaten aus. Sie hatten, eh' ich sie zügeln konnte, die Königin gebunden und verhöhnten sie mit gemeinen Spottreden; sie aber saß stolz und schweigend unter ihnen, als wäre sie noch die Herrin hier und wir ihre Gefangenen. Auf einmal erkannte sie einen Häuptling, der sich auf einem Kahne tollkühn genähert. Sich gewaltsam auf dem Verdeck hoch aufrichtend, fragte sie: ob alle Weißen von der Insel vertilgt seien?, und da er's bejahte, winkte sie ihnen zu, unser Schiff zu verlassen. Die Wilden zögerten erschrocken und verwirrt, ein dunkles Gemurmel ging durch den ganzen Schwarm. Da befahl sie ihnen noch einmal mit lauter Stimme, eiligst an den Strand zurückzukehren, und zu unserm Erstaunen wandten sich alle, Boot auf Boot, aber ein wehklagender Abschiedsgesang erfüllte die Luft wie ein Grabeslied.

Mir war das Betragen der Königin unbegreiflich. Noch einmal leuchtete mir die Hoffnung auf, sie wolle alles verlassen und mit uns ziehn, als plötzlich der Schreckensruf: ›Feuer!‹ aus dem untern Schiffsraum erscholl. Todbleiche Gesichter, auf das Verdeck stürzend, bestätigten das furchtbare Unheil. Das Feuer hatte die Planken der Pulverkammer gefaßt, an Löschen war nicht mehr zu denken, wir waren alle unrettbar verloren. Mich überflog eine gräßliche Ahnung.

Ich sah die Königin durchdringend an; sie flüsterte mir heimlich zu: sie selber habe das Schiff angesteckt, als sie vorhin an Bord gewesen. – Jetzt züngelten die Flammen schon aus allen Luken aufs Verdeck hinauf, da, mitten in der entsetzlichen Verwirrung, zerriß sie plötzlich ihre Banden, und freudig und unverwandt nach den brennenden Wäldern schauend, streckte sie beide Arme frei in die sternklare Nacht wie ein Engel des Todes. In demselben Augenblick aber fühlte ich einen dumpfen Schlag, die Bretter wichen unter mir, meine Sinne vergingen, ich sah nur noch einen unermeßlichen Feuerblick, wie tief in die Ewigkeit hinein.

Als ich wieder zu mir selbst kam, war alles still überm Meer, nur dunkle Trümmer des Schiffs und zerrissene Leichname meiner Landsleute trieben einzeln umher. Ich hatte im Todeskampf einen Mastbaum fest umklammert. Jetzt bemerkte ich einen Nachen der Eingebornen, der verlassen sich neben mir auf den Wellen schaukelte. Verwundet und zerschlagen, wie ich war, bot ich meine letzten Kräfte auf und warf mich todmüde hinein. Der Wind trieb mich dicht an dem umbuschten Gestade hin, der Mond schien blaß durch die Rauchwolken, auf der Insel aber hatte unterdes das Feuer auch meine Burg ergriffen, die Flammen schlugen aus allen Fenstern, langsam neigte sich der Turm, und Bogen auf Bogen stürzte alles donnernd in die Glut zusammen. Da sah ich im hellen Widerschein der Flammen fern die Leiche der Königin schwimmen in bleicher Todesschönheit, als schliefe sie auf dem Meere. Auf einem vorspringenden Felsen aber stand der Lieutenant, auf sein blutiges Schwert gestützt, ganz allein, vom Feuer verbrannt; er bemerkte mich nicht, mein Schifflein flog um die Klippe – ich sah ihn niemals wieder.«

Hier schwieg der Einsiedler, seine Seele schien tief bewegt. Da ihn aber seine Gäste noch immer fragend ansahen, hub er nach einem Weilchen von neuem an: »Was wäre nach jener Nacht noch weiter zu berichten! Ich rang mit Hunger, Sturm und Wogen, ich wünschte mir tausend Mal den Tod und haschte doch begierig die zerstreuten Lebensmittel, Werkzeuge und Gerätschaften auf, die der Wind von dem zertrümmerten Schiff an meinen Nachen spülte. So warf die See mich endlich am dritten Tage an dies Eiland. – Hier zwischen diesen Wäldern stieg ich in die Felseneinsamkeit hinauf: Meine Jugend, mein Ruhm und meine Liebe waren hinter mir im Meere versunken, und kampfesmüd hing ich mein Schwert an diesen Baum; da seht, da hängt's noch heut, von Blüten ganz verhüllt.«

»So seid Ihr Don Diego von Leon!« fuhr hier Antonio plötzlich auf, das Wappen seines Oheims auf dem Degengriff erkennend.

»Das war ich, ehemals in der Welt«, erwiderte der Einsiedler, »wie kennt Ihr mich?«

Aber der überraschte Antonio lag schon zu seinen Füßen und umklammerte seine Knie, daß ihn des Alten langer weißer Bart wie Höhenrauch umwallte.

Noch bevor dies an der Klause vorging, war Alvarez unruhig aufgestanden und weiterhin unter die Bäume getreten, denn er glaubte, einen seltsamen Gesang im Walde zu hören. Nun vernahm es auch der Einsiedler. Auf einmal richtete dieser sich gewaltsam aus Antonios Armen auf. »Im Namen Gottes«, rief er nach dem Walde hin, »wende dich ab und gehe ein zur ewigen Ruh!« Antonio und Alvarez schauten erschrocken nach dem Fleck, wohin er starrte, und sahen mit Grauen die Frau Venus von der andern Insel zwischen den wechselnden Schatten über den Bergrücken schweifen. Der Hauptmann zog seinen Degen, man hörte die Flüchtige immer deutlicher und näher durch das Dickicht brechen. Jetzt trat sie unter den Bäumen hervor – es war Alma in der Tracht und dem Schmuck ihrer Heimat, so stand sie scheu und atemlos, sie hatte es unten nicht länger ausgehalten und schon lange Antonio zwischen den Felsen wieder aufgesucht.

Der Einsiedler verwendete keinen Blick von ihr. »Wer bist du?« sagte er endlich. »Du schaust wie sie und bist es doch nicht!« – Alma aber war ganz verwirrt und sah ängstlich einen nach dem andern an. »Ich kann ja nichts dafür«, erwiderte sie dann zögernd, »sie sagten's immer, daß ich aussäh' wie meine Muhme, die tote Königin.« – »Mein Gott«, fiel hier Alvarez ein, »Ihr macht mich ganz konfus; so war das also die Insel der wilden Königin, von der wir hergekommen?« – Alma nickte mit dem Köpfchen. »Auch die Meinigen«, sagte sie, »hielten mich damals, als wir fortfuhren, für die verstorbene Königin, sonst hätten sie euch sicherlich erschlagen.« – Da das Mädchen sah, daß ihr niemand zürnte, wurde sie wieder heiterer und gesprächiger. Sie erzählte nun, daß sie gar oft in ihrer Heimat von alten Leuten gehört, wie die tapfere Königin mit einem spanischen Schiff, das sie selber angezündet, in die Luft geflogen, in jener Schreckensnacht hätten sie dann ihren Leichnam aus dem Meere gefischt und mit den eroberten Fahnen und Waffen der Fremden in die Königsgruft gelegt, wo die besondere eisige Luft die Toten unversehrt erhalte. Nur Alonzo allein sei von den Spaniern zurückgeblieben. – »Wie!« rief Alvarez, »so war der wahnsinnige Alte in seinem tollen Ornat derselbe gewesene Schiffslieutenant!« – Alma aber fuhr fort: »Der arme Alonzo bewachte seitdem die tote Königin bei Tag und Nacht und meint', sie schliefe nur, bis er bei unsrer Abfahrt selbst den Tod gefunden.« – Der Einsiedler war während dieser Erzählung in tiefes Nachdenken versunken. »Entsetzlich!« sagte er dann halb für sich, »nun ist er abgelöst von seiner schauerlichen Wacht – Gott sei ihm gnädig!«

Unterdes war Alma in die Felsenhalle gegangen und untersuchte dort alles mit furchtsamer Neugier. Alvarez aber rief sie wieder heraus, sie mußte sich zu ihnen vor die Klause setzen, und nun ging es an ein Fragen und Erzählen aus der alten Zeit, daß keiner merkte, wie die Nacht allmählich schon Berg und Tal verschattete.

Tiefer unten aber rumorte es noch immer im Walde, Sanchez machte eifrig die Runde, denn gab es hier auch nichts zu bewachen, den müßigen Gesellen war es in ihrer Langenweile eben nur um den Lärm zu tun. In einzelnen Trupps auf den waldigen Abhängen um die Nachtfeuer gelagert, sangen sie aus der Ferne schöne Lieder und sooft sie pausierten, hörte man Meer und Wald heraufrauschen. Das hatte die arme Alma lange nicht gehört; sie plauderte froh in ihrer fremden Sprache und sang und tanzte den Kriegstanz ihres Volkes. Diegos Augen aber ruhten bald auf ihr, bald auf dem blühenden Antonio, ihm war, als spiegelte sich wunderbar sein Leben wie ein Traum noch einmal wieder.

Die Spanier lagen noch mehrere Tage auf dieser Insel, um günstigen Wind abzuwarten. Don Diego hatte, als er sein Haus im Felsen baute, Gold in Menge gefunden, das lag seitdem vergessen im Schutt. Jetzt fiel's ihm wieder ein, er verteilte den Schatz nach Amt und Würden an seine armen Gäste. Da war ein Jubilieren, Prahlen und Projektemachen unter dem glückseligen Schwarm, jeder wollte was Rechtes ausbrüten über seinem unverhofften Mammon und ließ allmählich die lustigen Reiseschwingen sinken in der schweren Vergoldung. Den Studenten Antonio aber verlangte wieder recht nach den duftigen Gärten der Heimat, um dort in den blühenden Wipfeln mit seinem schönen fremden Wandervöglein sich sein Nest zu bauen. So beschlossen sie alle einmütig, die neue Welt vorderhand noch unentdeckt zu lassen und vergnügt in die gute alte wieder heimzukehren. – Diego schüttelte halb unwillig den Kopf. »So«, sagte er, »hätte ich nicht getan, als ich noch jung war.«

In dieser Zeit erwachte einmal Alma mitten in der schönsten Sommernacht, es war, als hätte sie jemand im Schlafe auf die Stirn geküßt. Sie fuhr erschrocken halb empor und sah soeben Don Diego von dem Platze fortgehn, der zu ihrem Erstaunen ganz still und verlassen war. Als sie sich aber völlig ermunterte, vernahm sie tiefer unten ein verworrenes Getümmel, es war, als sei plötzlich über Nacht der Frühling gekommen: ein Jubel und Rufen und Durcheinanderrennen den ganzen Strand entlang.

Jetzt kamen auch mehrere Soldaten mit gefüllten Schläuchen von den Quellen im Walde herab. »Viktoria!« riefen sie ihr zu, »der Wind hat sich gedreht, nun geht's nach Spanien.« – Da sprang Alma pfeilschnell auf, suchte emsig alles zusammen und schnürte ihr Bündel und jauchzte in sich, sie meinte, sie hätte den gestirnten Himmel noch niemals so weit und schön gesehn!

Indem sie aber noch so fröhlich hantierte, sah sie Antonio mit Don Diego eilig und in lebhaftem Gespräch vom Strande kommen. Auf der Klippe über ihr stand Diego plötzlich still. »Nun geh hinab«, sagte er zu Antonio, »du beredest mich nicht, ich bleibe hier.

Mein Leben ist wie ein Gewitter schön und schrecklich vorübergezogen, und die Blitze spielen nur noch fern am Horizont wie in eine andere Welt hinüber. Du aber sollst dir erst die Sporen verdienen, kehre zurück in die Welt und haue dich tüchtig durch, daß du dir einst auch solchen Fels eroberst, der die Wetter bricht – weiter bringt es doch keiner. Fahre wohl!« – Hier umarmte er gerührt den Jüngling und verschwand in der Wildnis. Antonio sah ihm lange in die nachtkühle Einsamkeit nach. – Da erblickte er auf einmal Alma dicht vor sich, schwang sie auf seinen Arm hoch in das aufdämmernde Morgenrot und stürzte mit ihr hinab.

Und als die Sonne aufging, flog das Schiff übers blaue Meer, der frische Morgenwind schwellte die Segel, Alma saß vergnügt mit ihrem Reisebündel und schaute in die glänzende Ferne, die Schiffer sangen wieder das Lied von der »Fortuna«, auf dem allmählich versinkenden Felsen der Insel aber stand Diego und segnete noch einmal die fröhlichen Gesellen, denen auch wir eine glückliche Fahrt nachrufen.

Nachwort

Wo sich links und rechts alles seiner wie auch immer gearteten »Heimat« vergewissert, bereitet es keine rechte Freude, ausgerechnet auf Joseph von Eichendorff hinzuweisen, den exemplarischen Dichter der verlorenen Heimat. Seltsamerweise ist es der feierabendlichen Spielerei mit der guten alten, möglichst noch vorindustriellen Zeit bisher aber nicht in den Sinn gekommen, den Dichter der rauschenden Wälder und des fernen Hundegebells wieder zum Leben außerhalb der Literaturgeschichte zu erwecken; allzu gründlich haben sich frühere Lesergenerationen der scheinbar simplen Sangbarkeit dieser Gedichte angenommen. Eichendorff ist offenbar vollständig in Versen aufgehoben, die man nur mehr als Volkslieder kennt und die eines Autors nicht mehr bedürfen.

»Wer hat dich, du schöner Wald,/Aufgebaut so hoch da droben?« beginnt das Kunst-Lied »Der Jäger Abschied«, mit dem der schlesische Freiherr Eichendorff den Wald besang und damit auch selber mit am Mythos vom deutschen Wald wirkte. So schmerzhaft aktuell dieses Gedicht hier klingen mag: Unser Eichendorff ist denkbar anachronistisch. Mit der Gegenwart wüßte er schon gar nichts anzufangen, aber bereits zu seinen Lebzeiten war er zu einem Denkmal versteinert, zum Sänger der unbekümmerten Jugend, der kein Recht hatte, selber alt zu werden. Der junge Bismarck, der den Dichter sehr schätzte, schrieb einmal voll Erstaunen an seine Frau: »Weißt Du, daß der Mann noch lebt? Wohnt hier im Kadetten-Korps bei seinem Schwiegersohn, der dort Lehrer oder Offizier ist. Laß es Deiner Begeisterung keinen Eintrag tun, daß er – Geheimer Regierungsrat ist.«

Nein, als Bürokraten, der in Aktenstaub und schlechter Luft vor sich hin werkelt, wollte man keinen Dichter sehen, schon gar nicht den Erfinder des Taugenichts, der gedichtet hatte: »Wem Gott will rechte Gunst erweisen,/Den schickt er in die weite Welt.« Hinter diesen Bilderbuchvorstellungen ist der Romantiker Eichendorff bis heute verborgen. Kleist und Hölderlin und Hoffmann hat man wiederentdeckt, Tieck steht eine begrenzte Renaissance bevor, aber Eichendorff war weder heimlicher Jakobiner, noch wird man aus seinen Schriften Aussagen zu brennenden Gegenwartsproblemen herausfiltern können. Der Nachruhm beschränkt sich also auf die Lesebücher und die geplagten Schüler, die diese Gedichte auswendig lernen müssen. Sie sind so einfach, daß sie schon wieder uninteressant sind – und wer möchte sich schließlich bei der dubiosen Kategorie »Schöne Gedichte« aufhalten. Auch die Prosa Eichendorffs ist so sparsam mit Motiven, daß sie selbst den Germanisten nicht viel zu beißen gibt. Wie also soll man einen offensichtlich hoffnungslos veralteten Dichter für die Gegenwart retten?

Eichendorff kam 1788, im Jahr vor dem Ausbruch der Französischen Revolution, wahrhaft behütet zur Welt, und zwar auf Schloß Lubowitz in Schlesien. Sein Leben lang erinnerte er sich sehnsüchtig dieser Geborgenheit, die die Ereignisse der übrigen Welt fernhielt. Auch wenn er in eine »unheilvolle Mittagsschwüle« brechen sollte, war der Aufstand für den Feudalerben der Beginn einer »endlosen Revolution« (er selbst erlebte noch die Unruhen von 1830 und 1848), mit der die Religion aus dem Staat verdrängt werden sollte. Der konservative Katholik Eichendorff, der auf einem Rokokoschloß aufgewachsen war, erwartete sich von der Romantik eine Erneuerung oder vielmehr eine Rückbesinnung auf den Glauben und die Kirche. »So war die Romantik bei ihrem Anfange ein Frühlingshauch, der alle verborgenen Keime belebte, eine schöne Zeit des Erwachens, der Erwartung und Verheißung. Allein sie hat die Verheißung nicht erfüllt, und weil sie sich nicht erfüllte, ging sie unter...«, schreibt der pensionierte Kanzlist im Todesjahr in seinen autobiographischen Aufzeichnungen.

Kein Zweifel, Eichendorff war politisch ein Reaktionär, das wird bei seiner Herkunft auch niemand wundern. Als

Student hörte er Joseph Görres und Friedrich Schlegel in Heidelberg und Wien. Er übernahm deren Gedanken in sein poetisches System, in das auch die Teilnahme an den Befreiungskriegen gegen Napoleon paßte. Nur war der junge Dichter, der durch seinen Vorgesetzten Gneisenau erfuhr, daß sein Roman »Ahnung und Gegenwart« erschienen sei, nicht wie Theodor Körner ehrenvoll im Felde verblieben, sondern kehrte heim, um eine äußerst banale Beamtenlaufbahn einzuschlagen. Die Güter seiner Eltern waren hoch verschuldet und mußten größtenteils verkauft werden, so daß Eichendorff froh sein konnte, wenn er sich für den preußischen Staat um die katholische Kirchenpolitik kümmern durfte.

Anders als seine Heidelberger Freunde Clemens Brentano, Achim von Arnim und die Brüder Grimm wollte Eichendorff seine dem volkstümlichen Ton angenäherte Lyrik nicht als unverbindliche Universalpoesie verstanden wissen, sondern im Sinne seines Romantikverständisses für eine Renaissance des Katholizismus werben, die mehr als eine modische Spielerei sein sollte. Diese falsche Interpretation wirft er den ehemaligen Freunden in seinen späteren literaturhistorischen Schriften vor; seiner Meinung nach muß die Poesie für ein überirdisches Anliegen engagiert sein.

In seinen Romanen »Ahnung und Gegenwart« und »Dichter und ihre Gesellen« setzt Eichendorff ebenso wie in seinen Erzählungen, von denen hier die bekannteste sowie ein relativ unbekanntes Seitenstück ausgewählt wurden, einen jugendlichen Helden den Gefahren der säkularen Welt aus. 1861, vier Jahre nach Eichendorffs Tod, wird Johann Jakob Bachofen, ein Schüler des Heidelberger Altphilologen Friedrich Creuzer, sein »Mutterrecht« veröffentlichen, mit dem er zu beweisen versuchte, daß am Beginn der abendländischen Kulturen ein Matriarchat bestanden habe. Wie Bachofen stützt sich auch Eichendorff auf die Mythologie, insbesondere die der Griechen und Römer, um eine Gleichung Heidentum – Sinnlichkeit – Macht der Frauen aufzustellen, die seit dem Sieg des Christentums eigentlich überwunden sein sollte. Vor ihrer gesellschaftlichen Integration müssen Antonio in der »Meerfahrt« und Florio im »Marmorbild« der Versuchung durch sinnliche Frauen widerstehen, die »alte Verführung üben an jungen sorglosen Gemütern, die dann vom Leben abgeschieden, und doch auch nicht aufgenommen in den Frieden der Toten, zwischen wilder Lust und schrecklicher Reue, an Leib und Seele verloren, umherirren und in der entsetzlichsten Täuschung sich selber verzehren«, wie es im »Marmorbild« heißt.

Ganz wie im Bildungsroman der Klassik führt Eichendorff seine Helden durch Versuchung und Gefahr, um sie am Ende, nach siegreich bestandener Anfechtung, im bürgerlichen Leben anzusiedeln. Nicht dieses interessiert den Dichter, sondern die Zeit davor, der soziale Initiationsritus. In Eichendorffs symbolischem Weltverständnis sind Frauen häufig Verkörperungen heidnischer Kultur, für die der junge Mann am Ende der Pubertät anfällig ist. In Gestalt einer Venus oder Diana begegnet ihm die Verlockung der Welt, der widerstanden werden muß. Für Alonzo in der »Meerfahrt« bedeutet es deshalb ein »christliches Werk«, wenn er Jagd auf die heidnische Königin der Insel macht, was außerdem durch die Frau selbst gerechtfertigt wird, die ihrerseits in Jagdkleidung auftritt.

Während dieser Alonzo eher ironisch gezeichnet ist, kann der Sänger Fortunato im »Marmorbild« als aufrechter Streiter und gleichzeitig als ideale Dichterfigur gelten. Fortunato steht mitten im Leben, kennt dessen Gefahren und eignet sich wegen seines einzelgängerischen Wesens besonders gut als Lehrer des noch unreifen Florio. Als beim Gelage jeder ein Lied für sein Liebchen singen soll, spricht Fortunato erst »Frau Venus« an, ändert dann den Ton und bekennt sich zum »Jüngling vom Himmel«. Bald darauf erscheint der Ritter Donati, der »nirgends hineinzupassen« scheint, in der Gesellschaft. Er bildet den Kontrapunkt zum Gottesreiter Fortunato, ist er doch der Venus verfallen und deshalb dazu verdammt, ihr weitere Proselyten zu gewinnen. Florio entgeht der Versuchung mehrmals mit genauer Not, und immer ist es der Glaube, der ihn rettet. Beim Fest im Hause Pietros nimmt Venus sogar die Gestalt der verehrten Bianka an, um den Jüngling vollends zu verwirren.

Bevor Frau Venus vor seinen Augen zu Marmor erkaltet, berichtet er ihr von seinem jugendlichen Sehnen, auf das sie leichthin erwidert: »Ein jeder glaubt mich schon einmal gesehen zu haben, denn mein Bild dämmert und blüht wohl in allen Jugendträumen mit herauf.« Diese Venus ist das ewig-weibliche Prinzip, ist Eva und die Erbsünde. Florio kann ihr eben noch entkommen. Als er am anderen Morgen mit Pietro und Fortunato Lucca verläßt, sieht er in der Ferne ein »zum Teil zertrümmertes Marmorbild«. In der Nachfolge Mariens, die für das Neue Testament die Urmutter und Ursünderin Eva ersetzt, hat er der Schlange den Kopf zertreten und die Versuchung unschädlich gemacht. Erst nachdem ihm Fortunato in einem Lied sozusagen die Theologie seines nächtlichen Kampfes erklärt hat, ist Florio bereit und imstande, den dritten Reisegefährten zu erkennen: Bianka, die er beinahe zugunsten der Verführerin aufgegeben hätte. »Eine seltsame Verblendung hatte bisher seine Augen wie mit einem Zaubernebel umfangen. Nun erstaunte er ordentlich, wie schön sie war!« Erst nach der bewältigten Versuchung kann er Bianka »erkennen«, nach der Entscheidung gegen die Welt der Venus. In der emblematischen Sprache der letzten Zeilen dieser Novelle wird Bianka (die Leuchtendweiße) der Jungfrau Maria angenähert, dem ideologischen Opponenten des heidnischen Prinzips.

»Eichendorffs entfesselte Romantik führt bewußtlos zur Schwelle der Moderne«, meinte Theodor W. Adorno, der in Eichendorff einen Verwandten des europäischen Weltschmerzes zu sehen glaubte. Man wird von ihm keine psychologischen Erkenntnisse erwarten dürfen, weil er seine Welt mit vergleichsweise einfachen Symbolen definiert. Aber es muß doch auffallen, mit welcher Konsequenz in seiner Prosa die »gefährliche Frau« auftaucht, die den Helden vom rechten Weg abzubringen droht. Sie ist aber nicht nur die Feindin, die im Interesse der sozialen Integration überwunden werden muß, sondern der junge Mann soll bis zu einem gewissen Grad sogar mit ihr in Berührung kommen, um danach wirklich gefestigt und gegen alle Anfechtungen gefeit zu sein. Bianka vereinigt in sich Züge der Maria wie der Venus, der Sinnlichkeit wie der Geistigkeit, und eignet sich deshalb besonders gut zur Gattin des Sängers Florio.

Ähnlich verhält es sich mit Alma, der rätselhaften Diana auf der Insel, an der Antonio ankommt. Alma stellt keine wirkliche Gefahr dar, was sich schon in ihrer Kenntnis des Spanischen anzeigt. Tatsächlich ist sie die Nichte jener Inselkönigin, von der der Einsiedler erzählt und der er vor dreißig Jahren selbst verfallen ist. Alma, die Verführerin der zweiten Generation, kann der zweiten Besatzung nichts mehr anhaben, weil sie bereits zu viel vom christlichen Gedankengut mitbekommen hat. Zunächst aber wird sie von den abergläubischen Seeleuten mit ihrer toten Tante verwechselt und gleichfalls für eine Wilde gehalten. Das ist in einem Fall berechtigt, als sie nämlich den Totenschmuck der Inselkönigin anlegt, die Eingeborenen, die sie für die auferstandene Herrscherin aus der Gruft halten, zur Anbetung zwingt und damit die bedrohten Spanier aus der Gefahr befreit. Hier aber spielt Alma nur mit Abzeichen des Wilden, sie legt den Schmuck an, ohne selbst eine dämonische Frau zu sein. Solange sie allerdings auf ihrer Insel war, war Alma stärker als der ihr bestimmte Ehemann, als der Student Antonio. Sie bezieht ihre Stärke aus dem heidnischen Boden und ist selbst noch weitgehend Teil der für die Spanier so feindlichen Natur. Aber schon ist die Entscheidung gefallen: Alma selbst zählt sich zu den christlichen Europäern und verläßt ihr Volk, mit dem sie nur wenig mehr verbindet. Dieser Abschied wird ihre letzte freie Entscheidung sein, denn sie begibt sich damit in die Hand Antonios. Noch am Ufer ist sie ihm überlegen, »halb drängt, halb trägt sie ihn ins

Boot hinein«. Als sie das Schiff erreichen, »faßt die Unbekannte sogleich das Steuer, die stille See spiegelt ihr wunderschönes Bild, ein frischer Wind vom Lande schwellt die Segel, und als die Sonne aufgeht, lenkt sie getrost zwischen den Klippen in den Glanz hinaus.«

Alma verfügt bis zu diesem Punkt über eine irrationale Kraft, die sie den Spaniern verdächtig macht, aber kaum hat das Schiff das offene Meer erreicht, gewinnt, wie sich das in einer solchen Geschichte gehört, der Mann die Oberhand. In ihrem Lied sagt Alma von sich, sie habe sich verflogen, und deshalb ist jetzt die Reihe an Antonio, sie zu verteidigen: »Ganz außer sich schwang er die arme Verratne auf seinen linken Arm, zog mit der rechten seinen Degen...« Während sie bisher die Handelnde war, diejenige, die Antonio das Neue seiner Umgebung erklärte, überläßt sie jetzt ihm die Initiative. Bei ihrer ersten Begegnung hatte sie ihn festgehalten, hatte das rätselhafte Bedürfnis, in seiner Nähe zu sein, und Antonio, der Schwächere, hatte Mühe, sich loszureißen. Seit sie die Insel verlassen haben, stellt sie keinerlei Gefahr mehr dar und hat sich ihrem künftigen Ehemann vollständig untergeordnet. Die gefährliche Frau ist gezähmt. Antonio wird »mit seinem schönen, fremden Wandervöglein sich sein Nest« bauen; tatsächlich läßt sich Sinnlichkeit und bedrohliche Erotik nie besser als in der Ehe bändigen – zumindest in den Texten der Goethezeit.

In der »Meerfahrt« wird mit der Gefahr, die von der dämonischen Frau ausgeht, nur gespielt, denn die eigentliche Auseinandersetzung fand dreißig Jahre zuvor statt und wurde zwischen Antonios Onkel Diego und der tatsächlich wilden Inselkönigin ausgetragen. Diego wurde damals schwach und büßt seine Sünde als Einsiedler. Sein Bericht rückt die Erlebnisse seines Neffen ins rechte Licht und bedeutet letztlich den väterlichen Segen für diese Mischehe.

Diese »unerhörten Begebenheiten« Eichendorffs sind keinesfalls realistische Erzählungen, sondern sind als symbolische Erklärungsmuster zu nehmen. Der Romantiker Eichendorff spricht nicht vom Verhältnis der Geschlechter, sondern von der Konkurrenz von Weltanschauungen. Es bleibt dennoch jedem unbenommen, sich Gedanken über seine Männerphantasien zu machen. Die Art, wie er als Erzähler die vermeintlich oder tatsächlich gefährliche Frau bändigt und ihr die seit dem Christentum angestammte passive Rolle zuweist, muß der Bewunderung für den Dichter, dessen Worte »zur Natur zurückgekehrt« (Adorno) sind, aber keinen Abbruch tun.

Willi Winkler

Weitere Titel aus der Reihe
›Die Frau in der Literatur‹

Olivia
von Olivia
Mit einem Nachwort von
Henriette Beese
Ullstein Buch 30148

FERDINAND VON SAAR
Ginevra
und andere Novellen
Mit einem Nachwort von
Karlheinz Rossbacher
Ullstein Buch 30149

SELMA LAGERLÖF
Anna, das Mädchen aus Dalarne
Mit einem Nachwort von
Anni Carlsson
Ullstein Buch 30150

Tagebuch der Maria Bashkirtseff
Mit einem Nachwort von
Gottfried M. Daiber
Ullstein Buch 30151

GINKA STEINWACHS
George Sand
Eine Frau in Bewegung, die Frau von Stand.
Mit einem Nachwort von
Helma Sanders
Ullstein Buch 30152

So haben wir gelebt
Englische Arbeiterinnen erzählen
Mit einem Begleitbrief
von Virginia Woolf
Ullstein Buch 30153

HONORÉ DE BALZAC
Memoiren zweier Jungvermählter
Mit einem Nachwort von
Irma Sander
Ullstein Buch 30154

MARIE VON EBNER-ESCHENBACH
Božena
Mit einem Nachwort von
Ingrid Cella
Ullstein Buch 30155

JEAN RHYS
Nach der Trennung von Mr. Mackenzie
Mit einem Nachwort von
Heinz Ohff
Ullstein Buch 30156

LESLEY BLANCH
Sie folgten ihrem Stern
Mit einem Nachwort von
Kyra Stromberg
Ullstein Buch 30157

MARGARET FORSTER
Es sind die Töchter, die gefressen werden
Mit einem Vorwort von
Sybil Gräfin Schönfeldt
Ullstein Buch 30158

HENRY JAMES
Die Damen aus Boston
Mit einem Nachwort von
Dietmar Haack
Ullstein Buch 30159

DAGFINN GRÖNOSET
Das verkaufte Leben
Mit einem Nachwort von
Annegret Heitmann
Ullstein Buch 30160

JACQUES CAZOTTE
Biondetta
Mit einem Nachwort von
Heinz-Georg Held
Ullstein Buch 30161

VITA SACKVILLE-WEST
Pepita
Mit einem Nachwort von
Rita Hortmann
Ullstein Buch 30162

Magda Szabó
Eszter und Angela
Mit einem Nachwort von
Geraldine Gabor
Ullstein Buch 30163

ALESSANDRO PICCOLOMINI
La Raffaella
Gespräch über die feine
Erziehung der Frauen
Mit einem Nachwort von
Klaus Ley
Ullstein Buch 30164

ULRICH JANETZKI (Hrsg.)
Henriette Herz
Berliner Salon
Mit einem Nachwort von
Ulrich Janetzki
Ullstein Buch 30165

RENÉ SCHICKELE
Die Witwe Bosca
Mit einem Nachwort von
Ursula Schenk
Ullstein Buch 30166

EMMY HENNINGS
Gefängnis
Mit einem Nachwort von
Heinz Ohff
Ullstein Buch 30167

EDGAR ALLAN POE
Ligeia
und andere Erzählungen
Mit einem Nachwort von
Liliane Weissberg
Ullstein Buch 30168

MARLEN HAUSHOFER
Die Wand
Mit einem Nachwort von
Klaus Antes
Ullstein Buch 30169

Rotkäppchens Lust und Leid
Biographie eines europäischen Märchens
Beschrieben und dokumentiert von Jack Zipes
Ullstein Buch 30170

EVA WEISSWEILER (Hrsg.)
Fanny Mendelssohn
Mit einem Nachwort von Eva Weissweiler
Ullstein Buch 30171

CHARLOTTE PERKINS GILMAN
Die gelbe Tapete und andere Erzählungen
Mit einer Einleitung von Ann J. Lane
Ullstein Buch 30172

JAMES HADLEY CHASE
Eva
Mit einem Nachwort von Jörg Fauser
Ullstein Buch 30173

BIRGIT PAUSCH
Bildnis der Jakobina Völker
Mit einem Nachwort von Uwe Schweikert
Ullstein Buch 30174

GUNTHER TIETZ (Hrsg.)
Malwida von Meysenbug
Mit einem Nachwort von Gunther Tietz
Ullstein Buch 30175

JEAN TOOMER
Zuckerrohr
Mit einem Nachwort von Monika Plessner
Ullstein Buch 30176

LOU ANDREAS-SALOMÉ
Ródinka
Russische Erinnerung
Mit einem Nachwort von Jutta Prasse
Ullstein Buch 30177

LEONORA CARRINGTON
Die ovale Dame
Magische Erzählungen
Mit einem Nachwort von Heribert Becker
Ullstein Buch 30178

ELSA TRIOLET
Das große Nimmermehr
Mit einem Nachwort von Manuela Reichart
Ullstein Buch 30179

VITA SACKVILLE-WEST
Eine Frau von vierzig Jahren
Mit einem Nachwort von Ingrid von Rosenberg
Ullstein Buch 30180

C. F. RAMUZ
Die Schönheit auf der Erde
Mit einem Nachwort von Hanno Helbling
Ullstein Buch 30181